徳間文庫

十津川警部
裏切りの街 東京

西村京太郎

徳間書店

目次

特別室の秘密

1

十津川《とつがわ》が、あわてて救急車を呼んだ。

妻の直子《なおこ》が、突然、腹痛を訴えたのだ。そのうちに、背中まで痛くなったという、救急車が来たときには、直子は、苦痛に身体《からだ》をエビのように曲げていた。

救急車に、十津川も同行した。

走りながら、救急隊員は、救急病院を探した。夜中だったから、適当な宿直医のいるところが、なかなか見つからなかったのだ。

三つ目の病院に運ばれることになった。

アジア第一《だいいち》という名前の綜合病院である。

内科医が当直していて、中年のその医者は、直子に症状を聞くと、微笑して、

「尿管結石ですね」

と、簡単にいった。

「結石？」

「ええ。石が出来ていて、尿道を傷つけるから痛むんです」

「こんなに痛がっていますが」

「そりゃあ、痛いですよ」

医者は、他人事《ひとごと》みたいにいった。

「どうしたら、いいんですか？」

と、十津川はきいた。彼にも、結石の経験はない。

「普通の痛み止めでは駄目でしょうから、モルヒネを注射しましょう」

「モルヒネって、麻薬でしょう？」

「鎮痛剤としても、最上のものです。それとも、普通の痛み止めで我慢できますか？」

「駄目だわ」

と、直子が呻《うめ》いた。

「じゃあ、お願いします」

仕方なく、十津川もいった。

モルヒネが注射されると、直子の激痛も和《やわ》らいできたが、同時に、意識ももうろうとなってきた。

痛みは消えたが、気分が悪い。

「これから、どうなるんですか？」

と、直子がきいた。

「石が体外へ排泄《はいせつ》されれば、ケロリと、痛みは無くなりますよ」

「何日で、体外へ出るんですか？」

「人によって違います。明日、出てしまうかもしれないし、三日かかるかもしれない」

「ただ、じっと、待っているより仕方がないんですか？」

と、十津川がきいた。

「まあ、水分をとって、早く体外へ排泄するようにするより仕方がありませんね」

「衝撃で、結石を粉々にするという方法があると聞いたことがあるんですが」

「ありますよ。しかし、完全に粉砕できるという保証はないし、結局、体外に排泄することになるんです」

医者は、落ち着いた声でいった。

十津川にしろ直子にしろ、尿管結石は初めての経験で、激痛に狼狽《ろうばい》しているが、医者にとっては、よくある症状の一つに違いない。

話しているうちに、直子の顔色が急に良くなり、あれほど彼女を苦しめた激痛も、嘘《うそ》のように消えてしまった。

直子は、怖々《こわごわ》だが、立ち上がって、身体を屈伸させた。

「まったく痛くありませんわ」

と、直子は医者にいった。

「モルヒネが、効《き》いているからでしょうか？」

「いや、石が動かなくなったからですよ。石が止まれば、当然、痛みはまったくありません」

「でも、また石が動くんでしょう？」

「ええ。排泄されるまで、動いたり止まったりしますよ」

「動いたら、また痛むんでしょう？」

「ええ。石が内膜を傷つけますからね」

「いやだわ。背中から頭まで痛くなるんです」

「大の男でも、脂汗を流しますよ」

「そうなったら、どうしたらいいんですか？」

「また、ここへ来て、モルヒネを射つより仕方がありません」

「いちいち、そのたびに、病院に来るなんて嫌だわ。痛くなったらすぐ、モルヒネを射ってもらいたいの」

「入院しても、構いませんか？」

十津川がきいた。

「そのほうが安心というのなら、構いませんよ。五階の二人部屋が空いています。そこに一人いた患者も、昨日、退院したので、今は誰もいません。そこに入られたらどうですか?」

と、医者はいった。

直子は、すぐ入院したいというので、十津川は、その手続きをすませると、家に戻り、着替えやパジャマ、洗面具などを用意することにした。

その間に、直子は、五階の端の部屋、501号室に、これも、宿直の看護婦に案内された。

なるほど、二人用の病室で、ベッドが二つ並べられているが、医者のいったように、患者の姿は無かった。

看護婦が、片方のベッドに真新しいシーツをかぶせ、掛布団と白い枕も用意してくれた。

モルヒネは完全に切れていたが、痛みがまったく感じられないので、直子は、ベッドに腰を下ろしていた。

十津川が、戻ってきた。

「なかなかいい部屋じゃないか」

彼は、部屋を見廻して、感想をいった。

「この五階は十室あって、一人部屋が三つに、二人部屋が七つ。一人部屋はバス、トイレ付きだけど、二人部屋には付いていないわ」

「それなら、一人部屋が空いたら、移れるように頼んでおくよ」

「いいのよ。痛みがなければ、平気でトイレまで歩けるし、三日に一回は、バスを使わせてくれるんですって。廊下を歩くのも気晴らしになるわ」

と、直子はいった。

別に負け惜しみではなかった。今回の尿管結石は、痛まないと、病気ではない気がするからである。

直子は、疲れて眠った。

眼を覚ましたときは、十津川の姿は無くて、置手紙がしてあった。

〈眠っているので、帰ります。何かあったら、すぐ電話下さい。帰りに寄ります〉

2

直子は、起き上がって、用心深く、身体を動かしてみた。が、痛みはない。ベッドからおりて、ぴょん、ぴょん飛んでみた。が、それでも、何処《どこ》も痛くなかった。

若い看護婦が、入って来た。

「いかがですか?」

と、笑顔で声をかけてくる。

「ぜんぜん痛みがないの。もう、治ったんじゃないかしら?」

「石が出るまでは、治ったとはいえませんよ」

「また、痛くなるんですか?」

「ええ」

と、看護婦は肯《うなず》く。

看護婦の言葉は、当たっていた。朝食が運ばれてきて、それを食べてすぐ、直子は、また激痛に襲われた。

前と同じ痛みだった。すぐ医者を呼び、また石が動き出したとわかったから、前のような恐怖はなかった。

また、吐き気がし、頭がぼうっとなってくる。それと同時に痛みも和らいでくる。

それが何分か続き、急に痛みが消えた。それも前と同じだった。動いていた石が、尿道の中で静止したことを示していた。こうなると、廊下を駈《か》けようと、屈伸運動をしようと、まったく痛みを感じない。

怖さが消えると、やたらに退屈になってくる。家にいれば、何か用事が見つかるものだが、病院では見つけたくても、見つからないのだ。食事は、時間になれば出てくるし、入院している以上、規則は守らなければならない。

廊下の途中に、小さな休憩室があった。

昼食のあと、直子は、そこに行ってみた。

前は喫煙室でもあったのだが、今は、二十四時間、禁煙である。従って、入院患者がテレビを見たり、休憩に使ったりしていた。

寝たきりの患者は、もちろん、ベッドから離れられないが、車椅子の病人でも、気晴らしに休憩室に出てきて、お喋《しゃべ》りを楽しんでいる。

直子は、休憩室に出かけ、セルフサービスのお茶を飲んでいると、車椅子の七十歳くらいの女性患者がやってきた。

この患者が、直子を見つけると、車椅子を傍《そば》に寄せてきて、

「新しい人ね」

「ええ。昨日、入院したんです。十津川といいます」

「あたしは、507号室」

「二人部屋の」

「脳血栓で倒れましてねえ。今、リハビリ中なんですよ。最初は、言葉がうまく喋れなくて、往生《おうじょう》しましたよ」

「ここには、リハビリの施設もあるんですか?」

「ええ。一階に体育館があってね。リハビリ専門の先生もいるの。もう一年半もリハビリを受けているんだけど、なかなか車椅子から離れられないのよ」

「でも、お元気そうだわ」

「一応、元気ですけどね。食事も制限されているし、散歩も出来ないし、楽しみは、お喋りだけ」

「散歩なら、おつき合いしますわ。車椅子を押すことぐらい、私にも出来ますものね」

直子は、半ば社交辞令でいったのだが、相手は、すぐ、

「じゃあ、一階まで押してくれません？　二時からリハビリがあるんですよ」

と、頼んだ。

直子は、車椅子をエレベーターのほうへ押して行った。

車椅子に、「加藤春子《かとうはるこ》」という名札がついているのに気がついた。これが、この患者の名前だろう。

エレベーターで、一階におりる。

「訓練室」と書かれた方向に、直子は押して行った。

廊下の突き当たりが、リハビリ用の体育館になっていて、車椅子の患者や、杖《つえ》をついた患者が集まっていた。

「リハビリを受ける人が、多いんですね」

「たくさんいますよ。あたしみたいにマヒを起こした人もいるし、交通事故にあった人もいるし、腰痛の人もいるし――」

午後一時からのグループが、まだリハビリ中なので、加藤春子は待つことにして、体育館の隅に直子が車椅子を持って行き、自分も近くの椅子に腰を下ろした。

「十津川さんは、たしか501号室に入ったんでしょう?」

と、春子が話しかけてくる。

直子は、リハビリをしている三十人ばかりの患者たちを見やりながら、

「ええ」

「あの部屋、今、あなた、おひとりでしょう?」

「入っていた患者さんが、一昨日、退院されたと、聞きましたわ」

「婦長が、いったんでしょう?」

「ええ」

「本当はね、亡くなったのよ」

春子は、むしろ、楽しそうに、いった。

「亡くなったんですか?」

「そう。あの太った婦長さんは、嘘つきだから」

「きっと、私を怖がらせないように、嘘をついたんだと思いますわ」

「そうでしょうねえ」

と、春子は肯いたが、

「ここのリハビリの先生も、嘘つきが多いの」

「そうなんですか？」

「あそこに、車椅子に乗っている若い患者さんがいるでしょう？」

「ええ。二十歳くらいの男の患者さん」

「その人ね、バイクに乗っていて、トラックにはねられたんですよ。ここの先生はリハビリに励《はげ》めば、何とか杖をついて歩けるようになるっていってるけど、本当は、駄目なんですよ。一生、車椅子から離れられないんですって」

「どうして、加藤さんは、知ってらっしゃるんですか？」

「先生たちが話しているのを、聞いてしまったんですよ」

「加藤さんは、いろいろ知ってらっしゃるのね」

「ええ。一年半もここにいますからねえ」

春子は、それから、ずっと、自分の知識を吐き出した。直子という聞き手が見つかって、嬉《うれ》しかったに違いない。

「503号室の太田恵子《おおたけいこ》さんには、気をつけたほうがいいわよ」

「どんな患者さんなんですか?」

「急性肝炎で入院していらっしゃるんですけどね。これなの」

と、春子は、口の先で指をぱくぱくさせて見せた。

「お喋り?」

「そうよ。みんな、あの人には迷惑してるの。ご主人が、ときどき見舞いに来るんだけど、町内会長をやってるんですよ。そのご主人に、この病院のことを全部、喋っちゃうの。患者の悪口も、先生の陰口もね。それが、いつの間にか町内会の会報に載っちゃって、大騒ぎになったことがあるのよ」

「町内会の会報にですか?」

「この病院も、太田さんと同じ町内だから」

「そうなんですか」

「この間もね、ここの内科の柴田《しばた》先生と、看護婦の山下《やました》さんが怪しい。屋上でキスしているのを見たという噂《うわさ》があるという話が、会報に載ったのよ。もちろん仮名になってるけど、読む人が読めば、すぐ誰とわかる内容だったのよ」

「町内会の会報に、そんなことを載せていいんですか?」

「それがねえ、太田さんのご主人って、妙な考えを持ってるの。町内会の会報だって、面白くなけりゃあ誰も読まない。だから、ワイドショーみたいなページも必要だって」

「ワイドショーですか?」

「あなただって、書かれるかもしれないのよ。この病院の出来事は、町内の事件だから」

「でも、先生と看護婦のゴシップなんて――」

「柴田先生ってね、背が高くて、なかなかの美男子なのよ。山下って看護婦は、男好きのする顔で、好きな先生の前だと、妙にべたべたするの。あなただって、そのうちに二人に会うから、わかると思うけど、あれじゃあ、噂になっても仕方がないと思うわよ」

べらべらとよく喋る。

直子は、ふと、柴田という医者と山下看護婦のことを太田に喋ったのは、この加藤春子ではないのかと思った。

翌日、十津川が来たときに彼女の話をした。

「おかげで、この病院のことをあらかた覚えてしまったわ。五階の病室の患者さんのことも」

「どこの病院にも、そういうお喋りがいるものさ。それにしても、町内会の会報に載るというのは、驚きだな。それを、読んでみたいね」

十津川が、楽しそうに笑った。が、直子は、ニコリともしないで、

「そのうちに、私たちのことも、載るかもしれないわよ」

「どうして？」

「警視庁の現職刑事の妻が、入院したから」

「君は、僕のことを喋ったのか？」

「喋ったりするものですか。それなのに、なぜか、加藤さんはもう知ってるのよ。昨日、別れしなに、『ご主人は、命がけの仕事をなさってるんだから、毎日、心配でしょう』って、いわれたわ」

「なぜ、僕のことを知ってるんだろう?」

「わからないけど、すごい情報収集力でしょう。あの勢いだと、私たちのことを、あることとないこと、太田さんに喋って、町内会報に載るに違いないわ」

これは、あながち、直子の余計な心配ではなかった。

入院して四日。やっと、他の患者とも仲良くなったとき、朝、目ざめると、部屋のテーブルの上に「××町内会会報№62号」という、パンフレットがのっているのに気がついた。

ワープロで印刷したもので、イラストもあって、なかなかうまく出来ている。

その中に、「××町早わかり」というページがあって、そのページが折ってあった。

○井上《いのうえ》さん夫婦に、念願の男児誕生
○後藤《ごとう》さんのご主人が、一メートルのクエを釣った由

そんな記事が並んでいるのだが、見ていくと、

○アジア第一病院からの便り
　501号室に新しい入院患者があった。十津川直子さんという中年の美人で、ご主人は、警視庁捜査一課の警部さん

と、いう文章にぶつかった。

　やっぱり町内会報に載ったなと、直子は、思った。

　それにしても、この会報は、誰がこの部屋に入れたのだろう？　病室というものは、万一に備えて、中からカギが、かからないようになっているから、直子が、部屋を出ている間でも、眠っているときでも、黙って室内に置いていける。

　まさか、看護婦や医者が、こんなプライベイトなことを喋るはずはないから、あの放送局みたいな加藤春子が、町内会長の妻だという太田に話したのだろう。

　また、この日、直子は、噂の柴田先生と山下ひろみという看護婦にも、初めて会った。

　人間の眼というのはおかしなもので、あんな話を聞いたあとでは、この二人が、

べたべたしているように見えてしまうのだ。

噂というのは、一割の真実と九割の嘘があれば、成立するのだろう。また、そのくらいがいちばん面白いらしい。

この間に、直子は、例によって、石が動き出して死ぬような激痛を、二回、味わわされた。

そうなると、加藤春子のことも、太田のことも、すべて忘れてしまうのだが、石が動かなくなると、ケロリとして、また太田の主人のいうワイドショーの中に、放り込まれてしまうのだ。

直子自身も、自然に、患者のことや医者、看護婦のことに、興味を持っていった。

入院五日目、直子は、ヒマを持て余して、病院の中を探検して廻っていて、一つの発見をした。

直子の入院している五階には、501から510号まで病室があり、その間にナースセンターが置かれている。

エレベーターで五階にあがってくると、そこに案内図があって、501号から

５１０号までの病室の配置が描かれていた。

その他、五階には、陽当たりのいい休憩室と、入院患者の食事のための配膳室、患者の入浴室などがあり、それもちゃんと案内図に描かれていた。

５１０号室の先は、大きなガラスドアになっていて、そこには「立入り禁止」の札が、いつもかかっていた。カギもかかっている。

この日も、直子はそこまで歩いて行って、いつものように引き返そうとしたのだが、ふとドアのノブに手をかけて、廻して動かした。

カギが、かかっていない。

つい、ドアを開けて、奥に入ってみた。

うす暗い廊下に面して、病室が一つだけあり、それには、５００の番号がついていた。

「５００号って病室があるのかしら？」

直子は、首をかしげてしまった。

ここに入院するときにも、五階には５０１から５１０号までの病室があるといわれたし、案内図にも、それだけの病室しか描かれていない。

だが、今、眼の前に、５００というナンバーの付けられた部屋があるのだ。医者の姿が見えたので、直子は、あわててそこから逃げ出した。何かいけないものを見てしまったという、怯《おび》えみたいなものを感じたのである。

直子は、自分の病室に戻ったが、まだ心臓がどきどきしていた。

看護婦が夕食を運んできたとき、直子は、５００号室について、聞いてみたかったが、出来なかった。

夜十時の最後の検温に若い看護婦が来たときには、とうとう我慢しきれなくなって、

「この階に、５００号という病室があるでしょう？」

と、声をかけると、看護婦は、

「あるんですか？　私は知りませんけど」

「奥にガラス戸があって、いつもカギが、かかっているでしょう？　その向こうに、５００というナンバーの病室があるじゃありませんか」

「私は、見たことがありませんけど」

若い看護婦は、表情も変えずにいうのだ。

「本当に、知らないの？」

直子は、咎《とが》めるようにいったが、看護婦は、さっさと検温をすませ、

「三十六度。平熱です」

と、事務的にいって、病室を出て行ってしまった。

次の日、十津川が見舞いに来てくれたとき、直子は、500号室の話をした。

「どうも、不思議なのよ。500号室があるのに、看護婦は、知らないっていうし――」

「本当に、君は見たのか？」

「私が嘘をいってると、思うの？」

「そうは、思わないが、この五階の案内図には、のっていないからね」

「でも、あるのよ。この眼で、ちゃんと見たんだから」

「病室だったのか？　物置か何かじゃなかったのか？」

と、十津川がきく。

「あれは、ちゃんとした病室だわ。それも、この部屋の倍くらいある特別室だわ」

「じゃあ、患者が、入っているのかな？」

「と、思うけど、お医者さんが見えたので、あわてて逃げちゃったから。なぜ、逃げちゃったのか、わからないんだけど」

「そりゃあ、立入り禁止なのに、中に入ったからだろう」

「どうしたらいいと思う？」

直子が、真剣な眼できいた。

十津川は、困惑した表情になった。

「どうしたらいいと、いわれてもねえ。君は、その病室で、犯罪が行なわれているなどと思っているわけじゃないんだろう？」

「ええ」

「君は、その部屋を何だと思うんだ？」

十津川が、逆に、きいた。

「入院案内にものっていない特別室じゃないかしら？　すごく高くて、政治家とか、有名タレントのための病室。差別だといわれるのを、病院側が恐れて、案内図にものせていないんじゃないかしら。そのくらいのことしか思い浮かばないんだけど」

「有名人、有力者のための特別室か」

「ええ。政治家なんか、自分に不利なことがあると、病気と称して入院するでしょう。そのときの特別病室だわ。病院の正式な案内図にはのっていないから、記者たちがいくら探しても、見つからない。500号室は、存在しないんだから。政治家だけじゃないわ。有名タレントがスキャンダルに追いかけられたときだって、隠れ家になるわ。それなら、大いに需要があるんじゃないかしら？　金のある政治家やタレントが、喜んで大金を払うから」

「なかなか面白い意見だよ」

「信じないのね？」

「どうも、とっぴすぎるからね」

「でも、500号室は実在するのよ。一緒に見に行きましょうよ」

直子は、十津川の手をつかんで、病室を出た。

午後十時を過ぎた病院は、うす暗くて、いやに静かだ。

もう、消灯時間になっている。

直子は、病室の並ぶ廊下をまっすぐに歩いて行った。

510号室で病室は終わり、その向こうに、大きなガラスのドアがある。

「立入り禁止」の札がかかっていた。

直子は、ドアのノブに手をかけて、ゆすってみたが、今夜は、びくとも動かなかった。

「この向こうに、500号室があるのよ」

直子は、ガラスに顔を押しつけるようにした。明かりの消えた廊下が、向こう側にもあるのだが、はっきりとは見えない。

「よく見て」

と、直子にいわれて、十津川も顔をガラスに押しつけた。

「暗くて、よく見えないな」

「でも、廊下の向こうに白い壁みたいなものは、見えるでしょう？」

「ああ」

「その続きに、500号室があるはずなの」

「部屋があって、そこに500のナンバーがあったといっていたね？」

「そうよ。他の病室の二倍はあったわ」

「そこが病室だと思ったのは、500というナンバーがあったから？」

「他に、部屋の入口の所に、他の病室と同じように、消毒用の器具と薬が置いてあったわ」

「院内感染を防ぐための消毒液だろう？」

「ええ。ただの物置なら、あんなものは必要はないし、それに、白衣姿の医者が近くにいたのよ」

「本当に、医者だったのか？」

「六十歳くらいの背の高い医者。あれは、たぶんこの病院の院長だわ」

「院長の名前は、たしか、小野塚匡《おのづかただし》。脳外科の日本の権威だろう？」

「まだ、入院してから、院長に会ってないの」

「その小野塚医師だと思った理由は、何なんだ？」

十津川は、眼をこらしながら、直子にきいた。

「私の勘なの」

「勘ねえ」

「あなたは、いつも刑事の勘を自慢してるけど、女の勘はすごいのよ。神さまが、男の理性の代わりに、女には直感を与えて下さったというくらいだから」

「その直感で、院長だと思ったのか？」

「ええ。あれは院長だわ。それらしい威厳みたいなものがあったもの」

「その医者が、君のいう500号室に入って行ったかどうかは、わからないんだろう？」

「ええ。あわてて、逃げ出しちゃったから」

と、直子は肯いたが、

「でも、この病院は五階が最上階なのよ。それに、そのあと、他の病室に診察に来た事実もないの。だから、500号室以外に、あの医者が行くところは無かったと思うわ」

と、付け加えた。

二人は、いくら見ていても、明かりがつく気配がないので、直子の病室に戻った。

直子は、小さく溜息《ためいき》をついて、

「あの500号室のことが、気になって仕方がないの」

「しかし、さっきもいったように、この病院が金儲《もう》けのために、幻の特別病室を作っていたとしても、警察が調べることじゃないからね。それは、所得隠しということで、税務署が調べることだよ」

「それは、よくわかってるんだけど」

「君の見た500号室で、何か犯罪が行なわれているのなら、警察が調べることだがねえ」

十津川は、小さく肩をすくめるようにした。

3

翌日、直子が、休憩室で自動販売機で買ったコーヒーを飲んでいると、お喋りの加藤春子が、やって来た。

うるさいので、ここ二、三日、なるべく、春子を避けるようにしていたのだが、今日は、違った。自分のほうから、

「今日は」

と、春子に声をかけた。

春子は、ニッコリして、

「十津川さんは、食事制限がないからいいわねえ。あたしは、その点だめ」

と、いったが、すぐ、

「でも、構わないか」

と、自分も、自動販売機からジュースを出してきた。

直子は、春子の顔色を窺《うかが》うようにしながら、

「加藤さんは、この病院のことは、何でも知っていらっしゃるんでしょう？」

「病院全体のことを全部、知ってるわけじゃないけど、この五階のことなら、たいていのことは知ってるわね」

「教えて頂きたいことが、一つあるんです」

「どんなこと？」

「病室の先に、ドアがあるでしょう？　いつもカギのかかっている」

「ええ」

「あのドアの先にも、病室があるって聞いたことがあるんです。特別室が」

　直子は、そんなふうに切り出した。

「特別室なんか、ありませんよ」

　春子は、あっさりいった。

「でも、病室は、あるんでしょう?」

「いいえ」

「じゃあ、ドアの向こうにある部屋は何なんでしょう?」

「あれは、医者の先生方の集会所」

「お医者さんの集会所?」

「そうなの。先生方は、疲れたり、何か相談ごとがあると、あの部屋に集まるそうよ。部屋の中には、小さなホームバーがあったり、娯楽機械があったりするんですって」

「じゃあ院長も来るんでしょう?」

「そりゃあ、もちろんよ。院長が作った部屋なんだから。先生方にだって、安らぎが必要だから、当然だと思うわ」

「でも、なぜ、立入り禁止にしてあるんでしょう？」

「きっと、患者がいきなり入って来たりしたら、困るからでしょうね」

「看護婦は、入れないのかしら？」

「呼ばれたとき以外は、入れないみたいよ。病院って差別の強いところだから」

と、春子はいった。自信満々ないい方だった。

しかし、彼女がよく知っているのに、若い看護婦は、なぜ、何も知らなかったのだろうか。

夕食のとき、食器を下げに行くと、５０３号室の太田恵子に会った。

「教えてもらいたいことがあるんですけど」

と、彼女にも直子は同じ言葉をかけた。

「何でしょうか？」

恵子が、ニコリともしないで聞く。

「休憩室で、お話ししたいんです」

「ええ。いいですよ」

太田恵子は、肯き、自分から休憩室へ足を運んでいった。

仁科専一《にしなせんいち》という糖尿病の患者が、ひとりでテレビを見ていた。

直子は、恵子と部屋の端に腰を下ろしてから、

「廊下の端に、大きなガラスのドアがあって、いつもカギがかかっていますよねえ」

「ええ」

「あの向こうには、何があるんでしょう？　お医者様のためだけの娯楽室があるって話は、聞いたんですけど、ちょっと、信じにくくて」

「あそこの部屋は、映写室よ」

「映写室？」

「これは、他の人にいっちゃ駄目よ」

「でも、なぜですか？」

「私は、そういわれてるの。あの部屋のことを、人に話しちゃ駄目だって」

「映写室を、何に使うんですか？」

「これは、人に喋らないでね」

「ええ」

「ここの院長が、個人的に、今までの外科手術をビデオに撮って、何十本もおさめているの。それを映す院長の映写室」

「それをひとりで、映しては、楽しんでいるんですか？」

「ひとりでというのは、正しくないわね。院長はインターンや若い看護婦なんかに、それを見せて、楽しんでいるのよ。たいてい、吐いたり、失神して、倒れてしまうのよ。それを楽しんでるわけ」

「太田さんも、見たことがあるんですか？」

「一度だけ見せてもらったけど、何しろ、頭蓋骨《ずがいこつ》を切り開いたり、血が飛び散ったり、内臓を取り出すのを、映しているんだから、さすがの私も、五分見ただけで吐いちゃいましたよ。もう二度と見たくないわね」

「じゃあ、院長は、インターンや若い看護婦を脅すために、手術のビデオを見せてるんですか？」

「そう。院長は、ワンマンで、悪趣味なの。でも、彼には誰も逆らえないわ。だから、あの部屋のことは、知らないことにしておいたほうがいいですよ」

「でも、なぜ、映写室のことを、みんな内緒にしてるんでしょう？」

と、直子はきいた。

「院長は、今もいったように、大変なワンマンなの。それだけに敵も多くて、ときどき悪口を週刊誌に書かれることもあるんです。あの奇妙な映写室のことを知られて、あることないこと書かれるのを、院長は嫌がってるから。ビデオを新人いじめに使ってるなんて噂が立つのを、院長は、とても嫌がってるからなのよ」

「だいぶ、わかってきましたわ」

「だから、あの部屋のことは、忘れなさいね」

太田恵子は、親切めかして、直子にいった。

「わかりましたわ」

と、直子はいった。が、疑いが芽を出していた。

加藤春子は、あの部屋は医者たちの娯楽室だといった。それが、今度は映写室だ。

どっちが間違っているのか、どっちが嘘をついているのか。

午後九時の消灯のあとで、直子は、突然、激痛に襲われた。あわてて、ナースセンターとつながっているボタンを押して、宿直の看護婦を呼んだ。

駈けつけたのは、あの山下ひろみという美人の看護婦だった。

彼女は、冷静に、

「また、石が動いたんですね」

と、診察し、モルヒネを注射してくれた。

直子は、もうろうとしてきた意識の中で、

「一つだけ、教えてほしいんですけど」

「今は、ゆっくりお休みなさい。お話は、痛みが完全に消えてから、うかがいますよ」

ひろみは、なだめるように微笑していった。

「もう、おかげさまで、痛みは消えました。それに、あなたは朝になったら、夜勤明けになってしまうんでしょう？」

「そうですけど」

「だから、今、教えて下さいね。ガラス戸の向こうにある５００号の部屋のことなんですよ」

「でも、向こうの部屋は、患者さんとは、関係ありませんよ」

と、ひろみはいった。

「でも、気になって――」

「あの部屋は、うちの院長の寝室なんですよ」

「先生方が、集まる休憩室じゃないんですか？　そのためのホームバーなんかがあると聞いたんですけど」

「それは、嘘ですよ」

と、ひろみは笑った。

「本当に、院長の寝室なんですか？」

「うちの院長は、大変なワンマンで――」

「それは、聞いていますよ」

「院長室は、三階にあるんだけど、誰にも邪魔されずに、ゆっくり寝られる部屋がほしくて、五階にそのための部屋を作ったんですよ。すごい、豪華な部屋。円型のジャグジー風呂があって、大きなダブルベッドがあって。風呂に入って、すぐゆっくり眠れる部屋なんです」

「ずいぶん詳しいんですね。あの部屋を見たんですか？」

と、直子はきいた。

「聞いたんです」

「誰にですか？　院長からですか」

「まあ、そんなところかしら。でも、私が喋ったことは、黙ってて下さいね。院長が嫌がるから」

と、いって、ひろみは部屋を出て行った。

直子は、ベッドに横になり、もうろうとした意識の中で考えた。

今度は、院長の寝室だという。

どうなっているんだろう？　どれが本当なのだろうか？

一つだけ、直子にわかったのは、このアジア第一病院では、院長はワンマンで、強大な権力者で、病院内に自分の好きな部屋を作ることが出来るということだった。

医者の娯楽室か、院長の映写室か、院長の寝室かはわからないが、いずれにしろ、そうした勝手な部屋を、院長は作ることが出来ることだけは、わかったのだ。

そんなことを考えているうちに、直子は、眠ってしまった。

朝、起きたときは、あの激痛は完全に消えていた。

意識も、はっきりしている。冷たい水で顔を洗い、歯を磨いているうちに、また、500号室への興味がわいてきた。

夫の十津川は、あの部屋が何に使われているにしろ、事件が起きない限り、警察は無関係だという。

そのとおりなのだが、それと興味が引かれることとは、関係がなかった。いや、事件が起きたのなら、夫に委《まか》せればいい。だが、何も起きていないから、なおさら、あの部屋のことを知りたくなってしまうのだ。

その夜おそく、眠れないままに、直子は病室を出て、あのガラスドアのところまで、歩いて行った。

ドアのノブに手をかけてみた。

カギは、かかっていなかった。

一瞬のためらいのあと、直子は、好奇心に負けて、ドアを開けた。今度は、ドアの向こうも明るい。足音を忍ばせて中に入った。

500号室には、明かりがついていた。

足音を忍ばせて、近づいたとき、ふいに部屋の中から、低い、けもののような唸《うな》り声《ごえ》が聞こえた。

直子の足が動かなくなってしまった。

顔が、凍りつく。とても、人間の声とは、思えなかったからだ。

その唸り声が、突然、止《や》んだ。

部屋の中で、人の動く気配がした。

直子は、弾《はじ》かれたように、ドアの外側に逃げた。廊下に置かれた予備のベッドの裏にかがみ込んだ。

５００号室のドアが開き、白い人影が出て来た。

太った婦長だった。今夜は、婦長が宿直だったのか。

婦長は、ドアの外に出ると、カギを取り出して、ガラスドアに錠をおろした。

そのまま、直子には気付かず、ナースセンターのほうに歩いて行った。

直子は、ベッドのかげに隠れたまま、ガラスドアの向こうを凝視していた。

今度は、５００号室から、痩身の院長が出てきた。部屋の明かりを消し、ドアにカギをかけ、院長はガラスドアとは反対方向に姿を消した。向こうにも出入り口があるらしい。

直子は自分の病室に戻ったが、身体のふるえは、消えてくれなかった。あの唸り声が、耳から離れないのだ。けものの唸りに聞こえたが、あの部屋に、けものがいるはずがない。とすれば、あれは、人間の声だったのだ。悲鳴のようにも、聞こえた。けものの咆哮《ほうこう》のようにも聞こえた。それが、ふいに止んだのは、婦長が注射を射ったのだろうか？　とにかく、人為的に止めたに違いない。

院長と婦長が、あんな声を出すはずがない。とすれば、あの500号室には、他に誰かいるのだ。

その人間の唸り声だろう。

痛みを訴える泣き声ではなかった。けものの咆哮だった。

廊下に、足音が聞こえた。

直子は、あわてて明かりを消し、ベッドにもぐり込んだ。

足音がこの病室のところで止まり、ドアが開けられた。

婦長だった。彼女は、ドアを小さく開けて、しばらく部屋の様子を窺っていたが、やがてドアが閉められ、足音が遠ざかっていった。

直子は、吐息をついた。急に直子が明かりを消したので、婦長は怪しんでこの部屋を覗《のぞ》いたに違いない。


翌日、院長の回診があるという発表があった。

直子が入院してから、初めての院長の回診である。

朝食のあと、直子が休憩室に行ってみると、春子たちが回診の話をしていた。

直子の顔を見ると、春子が、

「なんで、急に回診なんかやるのかしらねえ」

「でも、院長の回診って、ここみたいな綜合病院じゃあ、よくあることなんじゃありません？」

「ここのところ、まったくなかったわよ」

と、春子はいった。

長いこと入院している春子にいわせると、前は、半月おきぐらいに、院長の回診があったのだが、ここ三カ月ほど、一度もなかったという。

「院長の回診なんか、必要ないよ」

と、急性肝炎で506号室に入院している、君原《きみはら》という六十歳の男性患者は面倒くさそうにいった。

「さあっと廻って、患者にお大事にというだけなんだから」

「あの院長には、頭が痛いとか、子供のとき、頭を打ったことがあるとかいわないほうがいいですよ」

太田恵子が、みんなの顔を見廻した。

「どうしてですか?」

直子がきくと、恵子は、ニコリともしないで、

「院長の専門は脳外科で、世界的な権威なんですって。だから入院患者の誰かが頭痛が続くとか、脳に腫瘍《しゅよう》が出来てるとかとなると、院長はすぐ、切り開いて、中を調べようといい出すのよ。だから、院長の前では頭が痛いなんて、いわないこと。日本じゃ、脳の手術の実例が少なくて、困ってるんですって」

「私は、結石だから、大丈夫だわ」

と、直子はいった。

午後になって五階の病室への院長の回診が、始まった。

直子の知っている院長の回診というのは、まるで大名行列みたいに大げさなものだが、この病院の院長回診は、医者二人と、看護婦二人のお供がついているだけだった。

だが、内容は同じに見えた。

病室に入ると、そこにいる患者のカルテを医者が説明する。院長は、それを聞き、患者に向かって、

「お大事に」

と、声をかけ、それだけで次の病室に移っていくのだ。

５１０号室から廻って来て、最後の５０１号室に入って来た。

ベッドの上に起き上がって、直子は院長を迎えた。

ここでも、同じように、医者の一人が直子の病状を説明する。

「十津川直子さんかね？」

院長は、珍しく患者の名前を呼んだ。

「はい、そうです」

「尿管結石——ね」

「ええ。ふいに激痛が襲いかかってきて、そうなると、死ぬかと思うんです。それで、入院させて頂いたんです」

「今、痛みますか?」

「いいえ。他に悪いところはないから、何の痛みも感じません」

「それなら、自宅にいても同じだから、退院なさい」

「でも、痛み出したら、どうしようもないんです。すぐモルヒネを射って頂かないと」

「とにかく、退院なさっていい。私が退院を許可しますよ」

院長は、直子を見すえるようにしていった。

「自宅近くの病院はいつも混んでいて、モルヒネ注射を頼んでも、してくれそうもありません。それで入院したんですから、石が体外に出るまで、このまま入院させて頂きたいんです」

「退院です。今週中に退院して下さい」

「石が動いたときは、どうすればいいんですか?」

「タクシーを拾って、ここへおいでになれば、すぐモルヒネ注射をして差しあげます。尿管結石での入院などというのは、今までなかったことですよ」

「でも、私は怖がりだから、入院していたいんです」

直子は、妙に意地になっていた。

院長のほうも、それに合わせるように意地になって、

「とにかく今週中に退院して下さい。尿管結石というのは、ある意味では病気じゃないんだから」

「病気じゃないなんて、少しひどいと思います。激痛が走ると、もう死んでしまうんじゃないかと思うくらいなんですから」

「一時的なものですよ。今はまったく、痛くないんでしょう？」

「ええ、でも、いつ痛くなるかわからないから不安なんですよ」

「いくら痛くても、死ぬことはありません」

「痛さに耐えかねて、マンションから飛びおりたらどうするんですか？」

売り言葉に買い言葉だった。

院長が極端なことをいい、それに反撥《はんぱつ》して、直子も極端なことをいう。

同行している二人の医者は、はらはらしていた。が、婦長だけは、妙に落ち着き払っていて、直子に向かって、

「ここの診断書の写しを持っていけば、どこの個人医でもモルヒネ注射をしてくれますから、心配はいりませんよ」

と、いう。

「とにかく、院長である私のいうことは、聞いてもらわないと困ります。今週中に退院。即ちあと三日したら退院手続きをとります」

院長が、強い調子でいった。

「どうしても、退院したくないといったら、どうなるんでしょう?」

「強制退院の手続きを取ることになりますよ」

院長は、脅すようにいった。

「大丈夫ですよ。間もなく、石が排泄されますから」

婦長が、安心させるように、直子に笑いかけた。

院長たちが部屋を出て行ったあと、直子は、無性に腹が立った。が、その腹立たしさの中で、

（わざと、私を退院させようとしているに違いない）

と、直子は思った。

五階の入院患者の中には、もう、当然、退院してもいいと思われる患者が、二人いるのだ。５０７号室の七十歳の河上文子《かわかみふみこ》という女性は、一カ月前、脳溢血《のういっけつ》で倒れて、救急車で運ばれてきたのだが、今は回復し、血圧も正常値に戻っている。ただ家に帰っても、息子夫婦がパン屋をやっていて、仕事が忙しく、面倒をみてくれなくて不安だというので、入院を続けているのである。それは、当人がそういっていた。

もう一人は５０９号室の五十二歳の崎田伸介《さきたしんすけ》というガソリンスタンドの主人だ。典型的な糖尿病患者で、入退院を繰り返していた。入院して、病院の糖尿病患者用の食事を続けると、血糖値が下がっていく。退院すると、酒を飲み、脂っこい食事に戻って、また入院。今も血糖値が下がって、退院できるのだが、家族が退院させないのである。

そんな二人が入院を続けているのに、直子に退院を命じるのは、何か意図があるに違いない。

思い当たるのは、５００号室のことしかなかった。

その日の夕方、見舞いに来た夫に、直子は訴えた。

「私が、あの部屋に興味を持つものだから、強制的に退院させようとしているんだわ」

「それは、君の思い過ごしじゃないのか？」

と、十津川はいった。

「それじゃあ、なぜ、患者の私が不安だから、入院していたいというのに、院長が退院を強制するのよ。それこそ、医者としての倫理に反するわ」

「院長は、尿管結石なら、自宅にいても大丈夫だと診断したんだろう。こうしているときは、君は、まったく痛みがないんだから」

「でも、石が動いたら、激痛が来て、死ぬ苦しみが来るんだから」

「そうしたら、近くの医者にモルヒネを射ってもらえばいいと、婦長はいってるんだろう？」

「あなたは、病院の味方なの？」

直子の表情が、険しくなった。

「そうじゃないが――」

「第一、院長が、患者の入院を拒否する権限があるのかしら？」

「ここは、私立の病院だからね。入退院を決める権限は、病院長にあるんじゃないのかね」

「もし、そうだとしても、今度、私を退院させようとしてるのは、あの500号室のせいに決まってるわ。私が煙《けむ》たくなったものだから、無理矢理、退院させたがっているのよ。こんなの許せないわ」

「あの部屋で、法律に触れるようなことを院長がしてるから、君を退院させようとしていると、本当に思うのか？」

「私が、関心を持つものだから、それが困るのよ」

「しかし、あの部屋は、院長が寝室代わりに使っているんだろう？」

「いろいろいう人がいるの。お医者さんたちの娯楽室だという人もいるし、映写室だという人もいるし――」

「どれも、法律に触れはしないよ」

「みんな嘘だと思ってるわ。あの部屋から、けものみたいな悲鳴というか、唸り声が聞こえたのは間違いないのよ。あれに気づいた直後に、それまで三カ月もなかった院長の回診があって、私に向かって、院長が退院しろと迫ったのよ」

「君は、あの部屋は、何だと思ってるんだ？」

「わからないけど、院長の寝室なんてはずはないわ。第一、院長は、いちいち部屋にカギをかけてるのよ。医者も看護婦も知らないふりをするんだから。あのけものみたいな唸り声が耳について離れないの」

「じゃあ、君は、あの部屋には、患者が入っていると思うのか？」

「ええ」

「でも、特別病室に患者がいても、不思議はないだろう？　ここは、病院なんだから」

「ええ、そうよ。でも、なぜ、娯楽室だとか寝室だとか、みんなが嘘をつくの。病室には、万一のことを考えて、カギをかけないものなのに、なぜ、あの部屋だけ、院長がいちいちカギをかけるの？」

直子は、一気にまくしたてた。

「たしかに、おかしいと思えば、おかしいが――」

「私以外の患者は、みんな、あの部屋のことについて、口止めされてるんだわ」

「君が放送局だというお婆さんも、町内会長の奥さんもかい？」

「ええ。病院の入院患者って、医者に生死を握られてるみたいなものだわ。ここみたいに院長がワンマンだと、院長には絶対に逆らえないわよ。町内会長の奥さんなんかは、買収されているのかもしれない」

「わかった。聞いてみよう」

と、十津川はいった。

「でも、生半可《なまはんか》じゃ本当のことは、話さないと思うわ」

と、直子はいった。

4

十津川は、正直いって、半信半疑だった。

ここが殺人現場なら、どんなことでも出来る。だが、ここは勝手が違っていた。妻の言葉もそのまま信じていいかどうか、わからないのだ。

とにかく、ナースセンターを、覗いてみたが、夕方の検診に出かけてしまっているらしく、誰もいなかった。

五階の入院患者のカルテが、並べてあった。

十津川は、それに眼をやった。

十津川直子のカルテもあったが、それには朱色で、

〈強制退院〉


のゴム印が押されているのが、眼に入った。

院長の強い意志が、そのゴム印の文字に感じられた。

そのゴム印を見ているうちに、十津川は、直子の言葉を信じる気になった。

強制退院というのは、入院患者が医者や看護婦の指示に従わず、他の患者に迷惑をかけるようなときに、仕方なく行なうものだろう。

だが、直子の場合は、そうではない。別に暴れて医者や看護婦に迷惑をかけているわけではなかった。

ただ、女らしいというか、人間らしいというか、好奇心で、特別室に興味を持った。それだけなのだ。

それなのに、強制退院というのは、不自然だ。

直子のような尿管結石の場合、入院の必要はないと考えたとしても、いきなり強制退院とはひどいではないか。夫の自分を呼んで、納得するように、説明するのが当然ではないのか。

（直子のいうように、500号室には、何かあるのだ）

と、思わざるを得なかった。

だが、刑事生活二十年の十津川にも、どうしていいか、わからなかった。

ここは、病院なのだ。それにまだ、何も起きていない。刑事としての権限など、何の役にも立たないのだ。

500号室を強制捜索することも、出来るわけがない。小野塚院長が拒否すれば、それ以上は何も出来ないだろう。

婦長が戻って来た。

「私は、501号の十津川直子の――」

と、十津川がいった。婦長は、コックリして、

「存じていますわ。ご主人の十津川さんでしょう」

「実は、今回、家内が強制退院になってしまうと、いっているんですが」

「院長の診断で、これ以上入院の必要はないということですわ」

「しかし、強制退院というのはどうなんですかね」

「ああ。それなら、ただの退院でも構いませんよ」

婦長は、あっさりといった。

「実は、家内は大変な怖がりでして、それに私も職業柄いつも、家内の傍にいられません。夜中でも、仕事で飛び出さなければなりません。それで、完全に石が体外に排出されるまで、引き続き入院を許可して頂きたいのですがね」

十津川は、出来るだけ下手《したて》に出ていった。

だが、婦長は、表情を変えずに、

「もう、院長が決めたことですから」

「しかし、入院するときは、石が出るまでということで、入ったんですがね」

「病状は、どんどん回復していますし、痛みが起きても、耐えられないほどでは

ないと、診断しての退院勧告ですから。当院としても、入院する必要のない人まで、入院させておくことは出来ないんです。重病で、入院を希望している方も、たくさんおられますから」

「そうですか」

と、十津川は、一応、肯いておいてから、

「私は、警視庁捜査一課の人間でして」

「それは、存じておりますわ」

婦長は、驚いた様子も見せずにいった。

「これは、家内のこととは関係ないんですが、この五階の病室について、妙な噂を聞いているんです」

「病室でですか？」

「ここには、案内図を見ると、５０１から５１０までの病室があることになっていますが」

「そうですわ」

「しかしその他に、案内図にはない５００号という特別病室があるということを聞いていますが、本当ですか？」

「ああ、あの部屋でしたら、病室ではなく、院長のプライベイトルームですわ」

「この500号室のことで、実は警察に投書があったのですよ。匿名《とくめい》の投書で、夜、この部屋から、けもののような唸り声が聞こえた。不安なので、調べてほしいという投書でした」

十津川は少し、嘘をついた。

「おかしいですわ。今もいいましたようにあの部屋は、院長がプライベイトに使っているもので、そんな人間の唸り声なんかはしないはずですけど」

婦長は、狼狽の色も見せずにいう。

「プライベイトというと、院長は、どんなことに、お使いなんですか？」

「仮眠をとったり、医学書を置いておいたりですわ」

「よくご存じですが、婦長さんは、部屋に入ったことがあるんですか？」

「はい。何度か入っています。掃除をしたり、お茶を運んだりですけど、妙な唸り声を聞いたというのは、いつなんでしょう？」

「投書には、七日の夜、九時頃だったと、書いてありますが」

十津川が、直子の言葉を思い出しながらいうと、婦長は「ああ」と、肯いて、

「それなら、私ですわ」

「どういうことなんでしょうか？」

「たしか、七日の夜、私がナースセンターにいましたら、院長から電話があって、今、仮眠から眼が覚めた。お茶が呑みたいといわれたので、すぐ、お持ちしました。そのとき、あの部屋で転んでしまいましてね。思わず悲鳴をあげてしまったんですよ。それを聞かれたんだと思います。スネを打ってしまいましてね。恥ずかしいことですわ」

「しかし、あの部屋については、医者の娯楽室だとか、映写室だとか、有名人の隠れ病室だとか、いろいろと噂を聞いているんですが」

「それは、見ていない人が、憶測を逞《たくま》しくして、いっているだけですわ。今もいいましたように、院長のプライベイトルームで、主として、疲れたときの仮眠に使っています」

「部屋を見せて頂くわけにはいきませんか」

と、十津川はいった。

「それは、出来ませんわ。いくら、警察でも、無理に中に入ることは、許されないと思いますけど」

「院長に電話して、許可を得てくれませんかね？　ただ、ちょっと覗くだけでいいんですが」

「院長からは、誰も入れるなといわれております。院長は、他人に覗かれるのを、ひどく嫌いますから」

「しかし、院長自身が許可すれば、構わないわけでしょう？　私がお願いしますから、今、何処におられるのか教えて頂けませんか」

「今、院長は、旅行に出かけております。行き先はわかりません」

「いつ、お帰りですか？」

「一週間後だと聞いておりますわ」

5

「困ったよ。院長の行き先も、調べようがない」

と、十津川は直子にいった。

「出来すぎてるわ。行き先のわからない旅行に出ていて、私が退院したあとに帰ってくるなんて」

直子は、腹を立てていた。

「だが、旅行に出るのを咎められない。行き先を告げずに旅に出ることは、私だってやったことがある」

「結局、あの部屋は、調べられないの？」

「今のままでは、無理だよ。いわば、院長の私室だ。いくら警察でもそこを、強制的に調べることは出来ないよ」

「七日の夜、あの部屋でけものみたいな唸り声を聞いたのよ」

直子がいう。

「婦長は、そのとき、あの部屋にお茶を運んで行って、転んで、スネを打った。あまりにも痛くて、悲鳴をあげた。それを聞かれたんだろうというんだ」

「そんなの信じられないわ。あれは、人間なら男の人の悲鳴だわ」

「そういってもねえ。悲鳴というか、唸り声を聞いたのは、君だけだからな」

「私の話は、信じられないの?」

「いや、私は信じるけど、婦長は、自分の悲鳴だといっている。水掛け論で、これではとても、あの部屋の捜索令状は出ないよ。何か事件が起きているという証拠もないからね」

「ひょっとして、あの部屋で、誰かが死にかけてるのかもしれないのよ」

「だが、その証拠はないんだ」

「あなたにも、どうにもならないの?」

「今の状況では、何も出来ない。院長が、自分から開けてくれない限り、問題の部屋を見ることは、出来ないよ」

と、十津川はいった。

「私が、やるわ」

ついに直子が、決めつけるようにいった。

十津川は、あわてて、

「何をやるんだ?」

「幸い、三日間余裕があるわ。その間に、あの部屋を調べてみる」

「調べるっていったって、何をするんだ？」

「部屋に何があるか、調べるのよ」

「しかし、君には、そんな権利はないし、私にも、助けることは出来ないよ」

「わかってるわ。だから私ひとりでやるの」

「しかし、あの部屋は、カギがかかってるんだろう？　無理矢理、こじ開けるなんて、無茶なことはしなさんなよ」

「大丈夫よ」

「しかし、君は、何をやるかわからないんだから」

「私は、そんなに、バカではないわ」

と、直子はいった。

彼女は、バカではないから、５００号室のドアを無理にこじ開けるようなことはしなかった。

第一、その前に、５００号室に通じるガラスドアも、開けなければならないのだし、そのカギは婦長が持っている。婦長が直子に協力してくれるとは、とても思えなかった。

十津川が帰ったあと、直子はベッドに腰を下ろして、考え込んだ。

自分がここにいられるのは、今日を入れて、あと、三日間。今夜は、看護婦が検診にも来ない。院長の命令で、退院することになっているからだろう。食事を運んでくれるのは、恩情なのだ。

従って、直子が何かやって、失敗すれば、その日のうちに、たちまち放り出されてしまうだろう。そうでなくても、院長たちは、一刻も早く、直子を放り出したいと思っているに違いないのだ。三日間の猶予期間を置いたのは、直子、特に夫の刑事である十津川に、文句をつけられたら困るからに違いない。

それを考えると、うかつなことは出来なかった。

その日は、自重《じちょう》して、翌日を迎えた。

朝から、500号室の様子を窺っていた。午後の検診が始まったとき、婦長が、ガラスドアのほうに行くのを、直子は知った。

他の病室の患者は、看護婦が廻ってくるので、部屋で、待っている。直子だけが自由だったから、ドアを少し開けて、婦長の様子を窺った。

婦長は、ガラスドアのカギを開けて、向こう側に消えた。

直子は、病室から出ると、廊下を走ってガラスドアのところまで近寄った。

カギは再びかかって、ドアは開かない。

顔を押しつけるようにして、500号室のほうを見守った。

反対側の出入り口から、三十代の女性が入って来るのが見えた。純白のコートを羽織って、ハイヒール姿だった。もちろん、入院患者のはずがない。

500号室のドアが開いて、婦長がその女性を迎え入れた。
七、八分、500号室のドアは閉まったままだったが、ドアが開いて、女が出て来た。
青白い、緊張した表情だった。婦長に送られて、向こうの出入り口に歩いて行く。向こうにも、エレベーターがあるのだ。

直子はあわてて、こちら側のエレベーターに走った。乗り込んで、一階のロビーに行く。

エレベーターから外へ出たとき、奥のエレベーターから、あの女がおりて来るのに間に合った。

病院前の駐車場に向かって、女は歩いて行く。

真っ赤なポルシェに乗り込んだ。ポルシェ独特のエンジン音を残して、直子の傍を、走り抜けて行った。そのナンバープレートを、直子はしっかりと、頭に叩き込んだ。

自分の病室に戻ると、すぐ、十津川に携帯をかけた。

「どうしたんだ？」

と、夫が心配した声で応答する。

「調べてもらいたいことがあるの。赤いポルシェ911Sで、ナンバーは」

直子は、その車のナンバーを伝えた。

「この車は、どういう車なんだ？」

「あの500号室に、今日、やってきた女性の車。年齢三十歳くらいで、背の高い美人よ」

「何しに、行ったのかな？」

「わからない」

「とにかく、調べてみるが、君は絶対に無茶するなよ」

と、十津川はいった。

夜になって、今度は、十津川のほうから、携帯に、かかってきた。

「君のいった車だが、鬼頭恵美子《きとうえみこ》の車とわかった」

「何者なの？」

「三星《みつぼし》銀行の会長が、鬼頭敬一郎《けいいちろう》。その娘だ。婿《むこ》の広志《ひろし》が、現頭取だが、六カ月前から姿を見せていない」

「病気？」

「銀行側の話では、慢性の心臓病の治療のため、スイスの療養所に入院していて、病状は、回復に向かっているそうだ」

「本当に、スイスにいるのかしら？」

「それは、スイスまで行ってみなければ、わからないな」

「その奥さんが、なぜアジア第一病院に来て、しかも、あの500号室に来たのかしら？」

「それも、今の段階ではわからないね」

と、十津川はいった。

明日の午後には、いやでも退院しなければならない。もう時間がなかった。

夫との電話がすんだあと、直子は、意を決して、新聞を大きく広げたまま丸め始めた。

長い筒にすると、それを持って、廊下に出ると、ガラスドアの前まで歩いて行った。

直子は、マッチで、新聞の筒の先に火をつけた。

その炎のほうを、天井に設置されている火災報知器に近づける。

たちまち、けたたましく火災報知器が鳴りひびいた。

直子は、火のついた新聞を放り出し、廊下の端に置かれた、予備のベッドのかげに身を隠した。

病室の患者たちが、起き出してくるよりも先に、ナースセンターから、婦長が、廊下に飛び出してきた。

直子の予期したとおり、婦長は、ガラスドアのところまで駈けつけると、カギを開けて、中に飛び込んだ。

次に、もう一つのカギで、500号室のドアを開ける。

直子は、それを追うように、500号室に、飛び込んだ。

広い部屋に、ベッドが一つだけ。

もう一つの部屋には、応接セットがあるのだが、人の気配はなかった。

ベッドには、男の患者が一人、横たわっていた。

婦長は、振り向いて、直子を睨《にら》んだ。

「何をしてるんです！」

大声で、怒鳴る。

直子は、それを無視して、ベッドの患者を、覗き込んだ。

四十歳ぐらいの男だ。眼を開いているのだが、表情がない。

「鬼頭広志さん？　鬼頭広志さんじゃないの！」

と、直子が大声で呼びかけると、ふいに男は大きな口を開けて、あの、けもののような唸り声をあげた。

眼から涙があふれている。ゆるんだ口からは、よだれが流れ出た。

「この部屋を出て行きなさい！」

婦長が直子の肩をつかんで、部屋から押し出そうとした。

直子は、逆に、婦長の身体を突き放した。

「婦長さんこそ、これが、どういうことなのか説明しなさい！」

「あなたに、そんなことをする必要は、ありません」

「ここは、院長の寝室だと、嘘をついたじゃありませんか」

「とにかく、出て行きなさい！」

「納得の出来る説明を聞くまでは、帰りませんよ」

直子がいったとき、男が一人、部屋に入って来た。

院長の小野塚だった。

院長は、婦長に向かって、

「火事は、どうなったんだ？」

と、きいてから、そこに、直子がいることに、当惑した表情を作って、

「なぜ、ここに、いるんですか？」

と、きいた。院長には、事態が呑み込めないみたいだった。

直子は、やっぱり、院長は、旅行には行ってなかったのだと思いながら、

「この部屋で、何が行なわれているのか、それを説明してもらいたいだけですわ」

「あなたに、説明する必要はない。第一、あなたは、もう退院するはずだ」

院長が、直子を睨むように見た。

「この患者さんは、三星銀行の頭取の鬼頭広志さんなんでしょう?」

直子がきくと、院長は、婦長を見すえて、

「君が教えたのか?」

「とんでもありません」

婦長は、顔色を変えて、否定した。

「みんな知ってるんですよ。今日、ここへ来たのは、鬼頭広志さんの奥さんの恵美子さんなんでしょう?　鬼頭さんが婿だということも、わかってるんです」

直子が、早口にまくし立てた。

院長の表情が、どんどん険《けわ》しくなっていく。それは危険な兆候だった。

「婦長。ドアにカギをかけなさい!」

と、院長は命じた。

婦長が、ドアのところに、飛んで行って、あわててカギをかけた。

直子は、怯えた眼で院長を見つめた。

「何をする気なんです？」

「私は、私自身と、この病院を守らなければならない」

「私が、ここに入ってることは、主人が知っていますよ。主人は、警視庁の現職の刑事ですよ」

直子は、後ずさりしながらいった。

「知っていますよ」

「私に万一のことがあれば、主人が許しませんよ」

「わかっていますよ。だが、あなたが消えてしまえば、ご主人にもどうすることも出来ないはずだ」

「私を消すって？」

「人間の身体を、あとかたもなく溶かしてしまう薬品があるんです。骨も肉も溶けてしまうんですよ」

院長は、それが、あたかも楽しいことのようにいった。

直子の顔が白っぽくなった。

「そんなことが、許されると思っているんですか？」

「人間の身体なんて、炭素と同じなんですよ。溶けてしまって、自然にかえるだけなんです。それだけのことです。苦痛もないようにしてあげますよ」

その事務的ないい方が、直子は怖くて、思わず、

「助けて！」

と、悲鳴をあげた。

「クロロフォルム！」

院長が、婦長に向かって怒鳴る。

そのとき、直子は、部屋の外に聞き覚えのある声を聞いたような気がした。

「直子！　何処だ？」

それは、夫の声だった。

次に、この部屋のドアに、体当たりする音が聞こえた。

今度は、院長の顔が引きつった。

続いて、拳銃の発射音。ドアが衝撃を受けてゆれた。夫がドアの錠を射ったのだ。

ドアが開いて、夫が飛び込んで来た。その手に拳銃が握られている。

呆然と、立ちすくんでいる院長と婦長を一瞥《いちべつ》してから、

「大丈夫か？」

と、直子に声をかけた。

「ベッドに寝ているのが、スイスに療養に行ってるはずの鬼頭広志さんよ」

「なるほどね」

「頭がおかしくなっているみたいなの」

と、直子はいった。

十津川は、眼を院長に向けて、

「何をしたんだ？」

「何もしていない」

「逮捕しても、喋らせるぞ」

「私を、どうして、逮捕できるんだ？　ここに病人がいるからかね？　ここは病院だよ。特別室に患者がいても、別におかしくはないだろう」

「私を、殺そうとしたわ！」

と、直子が叫んだ。

「殺そうとしたって?」

「そうよ。お前の身体を、あとかたもなく溶かしてしまう薬品だってあるんだっていったわ」

「それなら、立派な脅迫だ。脅迫と殺人未遂で逮捕する」

十津川は、院長に向かっていった。

「逮捕令状もなしに、そんなことが出来るのかね?」

「緊急逮捕だ。令状はあとから取る」

と十津川はいい、携帯を取り出して、亀井《かめい》刑事を呼び出した。

「すぐ、アジア第一病院まで来てくれ」

「待ってくれないか」

院長が、狼狽の表情でいった。

「駄目だ」

十津川は、突き放すようにいった。

「ここにいるのが、鬼頭広志さんだと認める」

「すべてを話してもらいたい。でなければ、今、あなたを逮捕する」

「病気だから、うちへ入院させた。それだけだ」

「病名は、何だ？」

「全身の筋肉が無力化していく難病だ。筋無力症だ」

「でたらめをいうんじゃない。その病気の患者を見たことがあるが、症状が違う。それに、この特別室に隠して、誰の眼にも触れさせない必要があるのか？」

十津川が、厳しく突っ込むと、院長は黙ってしまった。

亀井刑事が、駈けつけた。

「この院長を、緊急逮捕する。容疑は、脅迫と殺人未遂だ」

と、十津川はいった。

6

小野塚院長が、すべてを話したのは、数時間後だった。

バブルが弾けて、三星銀行も、他の銀行同様、危機に落ち込んだ。

だが、会長の鬼頭敬一郎をはじめ、経営陣は強気だった。これまでの経営に誤りはないと主張した。

その中で、婿で、現頭取の広志が、突然、反旗をひるがえした。今までの経営方針が誤りで、今の経営陣は退くべきだと主張したのである。

そうなれば会長の敬一郎も、当然責任を取って、退職金の辞退をしなければならなくなるだろう。

鬼頭一族全員が、広志の行動を非難した。

そして、彼等は、最後の手段として、長年、経済的な援助を与えてきたアジア第一病院の小野塚院長に相談した。

広志の人格を、変えることが出来ないかと、相談したのである。

小野塚院長は、脳外科の専門医である。手術して、前頭葉の神経繊維を切り取ってしまうことをすすめた。人格が変わる。すべてに無気力になり、従順になる。

鬼頭敬一郎も娘の恵美子も賛成し、すぐ小野塚は手術にかかった。

簡単な手術のはずなのに、院長は失敗してしまった。

人格が変わる代わりに、人間でなくなってしまったのである。名前を呼ばれても、ただ、けもののように唸り声をあげるだけになってしまった。

困惑した鬼頭家は、とにかくアジア第一病院に入院させて、人の眼に触れさせないようにした。小野塚院長のほうも、自分の手術の失敗の責任を取って、500号室に隠し、医者や看護婦には箝口令《かんこうれい》を敷いた。

鬼頭広志は、慢性心臓病の治療のために、スイスに治療に行っていることにした。

「植物状態になった鬼頭広志のことは、どうするつもりだったのかね？」

と、十津川は、鬼頭敬一郎と、小野塚院長にきいてみた。

「自然に、亡くなってくれればいいと思った」

と、敬一郎はいった。

院長は、しばらく黙っていたが、

「私は、鬼頭さんが望むようにすることだけを考えていましたよ」

「もし、すぐ殺してくれといったら、殺すつもりだったのか？」

と、十津川はいった。

「それも仕方がないと思いました。あの状態で、ただ、生きているというだけでは、可哀そうですからね」

と、院長は、冷淡な口調でいった。
（そんな状態にしたのは、いったい誰なんだ？）
十津川は、その言葉を口にしかけて、止めてしまった。

一日遅れのバースデイ

1

主治医の田口《たぐち》は、電話を受けて、すぐ、車で駈《か》けつけた。

見なれた広い玄関を入りながら、この邸《やしき》の主が死んだということが、まだ、信じられなかった。広永浩一郎《ひろながこういちろう》とは三十年近いつき合いである。

広永は、いわゆる立志伝《りっしでん》中の人物といっていいだろう。今度の戦争では、彼自身、シベリアに抑留《よくりゅう》されているが、帰国してみると、両親は、空襲で死亡していた。天涯孤独になった広永は、持ち前の根性で働き、飲食店のチェーンを作り、一時は、関東地区に、三十五店の店を作った。

田口が、広永と知り合ったのは、そのチェーン店が、まだ、三店か四店の頃で、広永は、結婚し、最初の男の子が、生れたあたりである。

その後、田口は、株式会社「ヒロナガ」が、発展していくのを、この眼で、見てきた。

三十五店まで、広がった時は、広永も、中年の働き盛りで、意気軒昂《けんこう》としていた。男の子二人と、女の子一人が出来て、今は、それぞれ、結婚している。田口は、頼まれて、広永の長男の結婚式の仲人《なこうど》をした。

広永は、週刊誌にとりあげられたこともあり、ロールス・ロイスを、乗り廻していた。

その広永も、七十歳に近づいてから、気弱になってきた。それは、健康面の不安もあるだろうし、商売が思わしくなくなってきたこともあったようだった。

六十五歳の時、広永は、胃を半分近く切り取る手術をし、二年後の六十七歳の時、脳溢血《のういっけつ》で、倒れた。再起したが、手足の不自由は、残ってしまった。

商売の方も、大手のスーパーが、参入して来て、利益が少くなり、チェーン店が、減少した。

広永本人は、依然として、意気盛んで、今度は、海外へ進出を考えていると、田口に、いったりしていたが、会社は、負債を抱え、自宅も、抵当《ていとう》に入っていると、田口は、聞いていた。

しかし、広永が亡くなったという家族からの知らせは、田口にとって、衝撃だった。脳溢血の後遺症はあり、最近、多少、忘れっぽくなっては来ていたが、それは、老人なら仕方のないことで、まさか、死ぬとは、思っていなかったからである。

邸の中に入って行くと、同居している長男夫婦と、厚木《あつぎ》に住む次男夫婦、そして、結婚して、名古屋に住んでいた長女夫婦も、集っていた。

八畳の和室のテーブルには、大きなケーキが置かれ、それには、「パパ、誕生日おめでとう。子供一同」と、クリームで書かれていた。

広永の遺体は、その隣りの部屋に、横たえられていた。田口は、聴診器を当ててみたが、もう、脈はなかった。

田口は、合掌《がっしょう》してから、長男の浩《ひろし》に、

「突然だったようですね？」

と、きいた。

「実は、昨日の六月十五日は、父の誕生日でしてね。それで、みんなで集って、バースデイを、祝ったんですよ。父は、元気で、シャンパンで、乾杯なんかして、はしゃいでいたんですが、今朝、死んでいるのが、見つかったんです。びっくりはするし、どうしていいかわからなくて、先生を、お呼びしたんです」

「なるほど。それで、大きなバースデイケーキが、居間にあったわけですね？」

「そうです。きょうだい全員で、用意しました」

「昨日が、七十一歳の誕生日だったんですね」

と、田口は、呟《つぶや》いた。彼の頭の中で、「没年七十一歳」という文字が、浮んで、消えた。

「それで、先生に、死亡診断書を書いて頂きたいのです」

と、次男の明《あきら》が、いう。

「いいですよ」

「五年前に亡くなった母と一緒に、葬《ほうむ》ってあげたいと、思っています」

と、浩は、いった。

死因は、恐らく、心不全《しんふぜん》だろう。最近、心臓が弱くなっていて、不整脈《ふせいみゃく》の徴候があったからである。

机の上には、田口が、処方した睡眠薬のカプセル錠《じょう》が、小びんに入っていた。事業の不振と、健康が思わしくないので、最近、不眠が続くと話すので、睡眠薬を、与えたのである。

一日二錠、寝しなに飲むようにいい、二週間分として、二十八錠を、渡したのが、二日前である。きちんと飲んでいれば、まだ、あと、二十四錠ある筈《はず》なのに、二錠しか残っていなかった。

(おかしいな)

と、田口は、思った。

昨夜、二十二錠も、いっぺんに、飲んだのだろうか？

そうだとすると、死因も、考え直さなければならない。

「死亡診断書は、あとで書いておきますから、取りに来て下さい」

と、いい残して、田口は、広永邸をあとにした。

2

田口は、病院に戻ったあと、難しい顔で、考え続けた。

その末に、警視庁捜査一課の十津川《とつがわ》に、電話をかけた。十津川とは、二年前、田口が、夜、新宿の盛り場で、チンピラに絡《から》まれていたときに助けられてからのつき合いである。年齢は二十歳違っているし、お互いに忙しいので、それほど親しくは、つき合っていないのだが、こんな時には、自然に、十津川の名前を、思い出した。

新宿東口の雑居ビル内にある喫茶店で、十津川と、会った。

「わざわざ、お呼び立てして、申しわけありません」

と、田口は、まず、頭を下げた。

十津川は、微笑して、

「なに、構いませんよ。先生のような方が、困ったとおっしゃる以上、余程《よほど》のことではないかと、思いましてね」

「実は、私の親しくしていた方が、突然、亡くなりましてね」

と、田口は、いい、広永浩一郎のことを、詳しく話した。

「なるほど。亡くなった社長さんが、先生の処方した睡眠薬を、一度に、多量に飲んで死んだのではないかと、思われているわけですね？」

と、十津川は、いった。

「ええ。それもですね。つまり――」

と、田口が、いい澱《よど》むと、十津川は、先廻りするように、

「本人が、多量に飲んだのではなく、子供たちが、飲ませたのではないかと、いうことですね？」

「そんな風には、考えたくないんですが――」

「他に、何か、先生がおかしいと思われることがありますか？」

と、十津川が、きく。

「誕生日が、違っています」

と、田口は、いった。

「それは、どういうことですか？」

「今朝、呼ばれて行くと、居間に、大きなバースデイケーキが置かれていました。パパ、誕生日おめでとうと、書かれてありました。昨日の六月十五日が、広永さんの誕生日なので、子供たちが、みんなで、バースデイケーキを、用意したというわけです」

「いい親子じゃありませんか。どこが、おかしいんですか」

「私は、病院に戻って、死亡診断書を書こうと思いましてね。生年月日を書き込むので、広永さんのカルテを、取り出してみたんですよ。そうしたら、広永さんの誕生日は、六月十五日ではなく、六月十四日なんですよ」

「一日前？」

「そうなんです」

「そのカルテの記入が、間違っているということは、ありませんか？」

と、十津川が、きく。

「カルテを作るときは、健康保険証を見て、書き写しますからね。それでも、ひょっとして、間違ったかなと思い、紳士録で調べてみました。間違いなく、誕生日は、六月十五日ではなく、一日前の六月十四日になっています」

「広永さんの子供たちが、勘違いしたということは、考えられませんか？　私だって、亡くなった父親の誕生日を、覚えていませんよ。八月中旬だということは、覚えていますが」

と、十津川は、いった。

「考えられるのは、それぐらいなんですが、子供は三人いますからね。果して、間違えるかなという気もあるし、第一、本人が、間違える筈はないと思いますが」

と、田口は、いう。

「広永さんは、物忘れの方は、どうだったんですか？」

「そりゃあ、年齢《とし》ですから、ど忘れは、よくありましたよ。しかし、自分の誕生日を忘れてしまうというのは、考えにくいんですよ」

と、田口は、いった。

「こういう考えは、どうですかね。子供たちは、六月十五日を、父親の誕生日だと、思い込んでいた。広永さんの方は、子供たちが、勘違いしていると思ったが、祝ってくれるのは嬉しいから、一日の違いぐらい、目くじら立てることはないと思い、黙って、六月十五日で、祝ったというのは――」

と、十津川は、いう。

「そうですねえ。確かに、そう考えるよりないんですが、やはり、何となく、気になるんですよ。睡眠薬のことがありますからね」

田口は、当惑した顔で、いった。

「田口さんの疑問は、よくわかりますよ」

と、十津川は、いった。

「疑問というより、不安なんです」

と、田口は、いった。

「不安?」

「ええ。何か、良くないことが、起きているんじゃないかという気がして、仕方がないんです」

「ちょっと待って下さい」

と、十津川は、相手を制しておいてから、

「まさか、広永さんの死因に疑いを持っているんじゃないでしょうね?」

と、きいた。

田口は、黙っている。無言であることが、十津川の言葉を、肯定《こうてい》しているように思えて、

「しかし、最後に診《み》られたのは、田口さんなんでしょう？」

「私が行った時は、もう亡くなっていましたよ」

「子供たちが、睡眠薬を飲ませたということは、田口さんは、否定されたじゃありませんか」

「そんなことは、考えたくありませんからね」

「だが、本当は、疑っておられる？」

「――――」

「司法解剖《しほうかいぼう》に廻したら、どうですか？　そうすれば、はっきりするんじゃありませんか？　少くとも、死因は、わかると思いますよ」

と、十津川は、いった。

「しかし、そんなことをしたら、広永さんの子供たちを、疑うことになってしまいます」

「どんな人たちなんですか?」

「みんな、いい人たちですよ。心優しい」

「しかし、父親の誕生日にしか、全員が、集らないんでしょう?」

「それは、みんな、それぞれの家族を持っていますからね。それに、長男夫婦が、広永さんと一緒に住んでいるから、他のきょうだいは、安心しているわけですよ」

と、田口は、いった。

「それなら、解剖しても、大丈夫ですよ。本当に、心優しい子供たちならね」

「しかし、睡眠薬が、死因という結果が出たら——」

「その場合だって、自殺かも知れないでしょう?」

「自殺ですか——?」

「広永さんは、最近、事業もうまくいかず、その上、健康も害していたんでしょう? それなら、自殺の可能性も、大いに、あり得るじゃありませんか」

と、十津川は、いった。

「遺書がありません」

と、田口は、いう。

「遺書がなかったんですか？」

「そうです。もし、広永さんが遺書を書いていれば、子供たちが、私に見せる筈ですよ。それなのに、見せなかったということは、遺書はなかったということなんです」

と、田口は、眉を寄せて、いった。

十津川は、なぐさめるように、

「遺書を書かずに、自殺する人は、何人もいますよ」

と、いった。が、田口は、首を小さく横に振った。

「広永さんは、きっちりした人ですから、遺書を残さずに、自殺するなんて、考えられません」

と、いった。

今度は、十津川の方が、当惑してしまった。

「結局、田口さんは、どうしたいんですか？」

と、十津川は、きいた。

「それが、わからないから、困って、十津川さんに相談しているんですよ」

「それなら、私の答えは、決っています。司法解剖すべきです。田口さんは、死因に疑いを持っているんでしょう？　警察に連絡して、司法解剖に廻すのは、医者としての義務ですよ」

「ただ、私は――」

「わかっています。私が、田口さんの名前を出さずに、うまくやりますよ」

と、十津川は、約束した。

3

翌日まで待って、十津川は、広永家に出かけた。

長男の浩が、応対に出てきた。十津川が、警察手帳を見せたことに、浩は、険《けわ》しい表情を作った。

「警察が、何の用ですか？」

「実は、匿名《とくめい》の電話がありましてね。自分は、昔、広永さんに世話になったものだが、死因に不審な点があるから、調べて欲しいというのです。それが、二人もいたので、無視できず、こうして伺ったんですよ」

と、十津川は、いった。

「バカバカしい。父の死に、不審な点なんか全然ありませんよ」

浩は、怒ったような声で、いった。

「しかし、私も、電話の声を、無視できません。どうです。広永さんの遺体を、解剖に廻されたら。何もなければ、世間の変な噂《うわさ》を、打ち消すことが、出来ますよ」

と、十津川は、いった。

「別に解剖しなくても、父の主治医の田口先生に、聞いて下さればいい」

「それは、駄目です」

「なぜ、駄目なんですか？」

「主治医の先生が、死因に不審な点があるとはいわないに決っているからですよ」

と、十津川がいうと、浩は、険しい表情のまま、

「ちょっと待って下さい。弟たちにも、相談しないと」

「ご兄弟が、いらっしゃるんですか？」

十津川は、わざと、きいた。

「一昨日《おととい》が、父の誕生日なので、みんなで、集って、お祝いをしたんですよ」

「それは、それは――」

「とにかく、待っていて下さい」

と、浩はいい、奥へ消えた。

そのまま、なかなか、戻って来ない。

（どうやら、ただの病死とは、思えなくなってきたな）

と、十津川は、思った。

きょうだいたちが、遺産を狙《ねら》って、共謀し、父親を殺したのか？

二十分近くたって、やっと、浩が、戻って来た。

「私の家内も、弟夫婦も、また、妹夫婦も、警察は、何の権限があって、そんなことをいうのかと、いっています」

と、浩は、いった。

「これは、警察の権限ではなくて、義務なんですよ。死因に、不審な点があれば、それを調べなければならないんです」

「何処《どこ》が、不審だというんですか？」

「では、こちらから聞きますが、突然、亡くなったんでしょう？」

「ええ」

「死因は、何だと思うんですか？」

「私は、医者じゃないから、断定は出来ませんが、心不全だと思いますよ。最近、心臓が弱っていましたからね」

「それだけの理由ですか？」

「いけませんか？」

「とにかく、解剖に廻すことを承知して下さい。それで、何もかも、はっきりするんです」

「ノーといったら？」

「強制的に、解剖に廻しますよ」

と、十津川は、脅した。

また、浩は、奥に引っ込み、きょうだいで、相談しているようだったが、やっと、解剖に同意した。

十津川は、遺体を、東大病院で、解剖して貰うことにした。

その結果が出たのは、その日の夕方だった。

死亡推定時刻は、六月十五日の夜、午後十一時から十二時の間。

一番、知りたかった死因は、一応、心不全だったが、体内から、多量の睡眠薬が、検出された。

田口医師の恐れていた通りの結果が、出たのである。

十津川は、まだ、殺人事件とは、断定できないので、ひとりで、広永邸に出かけた。

三人兄妹と、その連れあいが、まだ、邸に残っていたし、主治医の田口も、来ていた。

十津川は、田口には、初めて会ったように、あいさつしてから、みんなに、睡眠薬を多量に飲んでいたことを、告げた。

「それでお聞きしますが、亡くなった社長は、いつも、睡眠薬を、服用していたんですか？」

と、十津川は、きいた。

「最近、よく眠れないというので、睡眠薬を、処方しておきました。一日二錠といっておいたんですが」

と、田口は、いった。

「一日二錠というのは、広永さんに、きちんと、伝えておかれたわけですね？」

「もちろんです。広永さんは、最近、身体が弱っていましたから、睡眠薬を、一時に、多量に服用《ふくよう》することは、危険です。ですから、一日二錠という数を守るように、何回も、注意しておきました」

「しかし、一時に、多量に飲み、それが、死因になったと、考えられます。本人が、医師の注意を無視して、多量に飲んだか、さもなければ、第三者が、飲ませたかの、いずれかということになります」

と、十津川は、いい、六人の男女を見廻した。彼等の一人が、憤然とした顔で、何かいいかけるのを、長男の浩が、さえぎるようにして、

「警部さん。睡眠薬は、カプセルになっているんですよ。それを、多量に、第三

者が飲ませることが出来ますか？」

と、十津川に、いった。

「カプセルのままでは、無理でしょう。しかし、カプセルから出して、食物に混ぜるとか、コーヒー、ウィスキーなどに、溶《と》かしてしまえば、本人に気付かれずに、飲ませることが出来る筈ですよ」

と、十津川は、いった。

「まるで、われわれが、おやじを殺したみたいないい方ですね」

「違うという証拠がありますか？」

と、十津川が、きくと、浩たちが、急に、笑い出して、

「おやじを殺して僕たちに、何のトクがあるんですか？　多分、刑事さんは、遺産狙いと、思っているんでしょうが、この邸も、抵当に入っていて、財産は、ゼロに近いんですよ」

と、浩が、いった。

「本当ですか？」

十津川は、田口医師に、眼をやった。田口は、困惑した表情で、

「まあ、私には、よくわかりませんが、広永さんは、確かに、仕事がうまくいかなくなって、子供たちに、残してやれる財産がないことをなげいておられましたね」

　と、いった。

　今度は、十津川が、当惑した。遺産が、ゼロだとすれば、子供たちに、殺す理由は、なくなってしまう。

と、すると、広永は、自殺したのだろうか？　それも、バースデイに子供たちが集って、祝った日にである。

　十津川は、早々に、広永邸を辞したあと、取引先のM銀行に、寄ってみた。

　支店長は、十津川の質問に対して、

「確かに、最近、事業はうまくいっていらっしゃらないし、あのお邸も、抵当に入っています」

　と、いう。

「しかし、売却すれば、差額が、入ってくるでしょう？」

「そうですが、今、バブルの崩壊で、ああいう大きな物件は、なかなか売れませんよ。売れたとしても、相続税が、かかってきますからね」

と、支店長は、いった。

「では、相続しても、何のトクにもならないわけですか？」

「多分、そうでしょう」

「広永さんが、最近、自殺したいと洩《も》らしていたことは、ありませんか？」

「そうですねえ。事業が、うまくいかずに、怒ったり、口惜《くや》しがったりしていました。昔と比べると、ずいぶん、気弱くなって、いつだったか、自殺を考える時もあるんだと、いわれたことがありましたよ。私は、元気を出して下さいと、いったんですがねえ」

支店長は、そんなことをいった。

（これで、いよいよ自殺の可能性が、強くなってきたのか）

と、十津川は、思った。

「その時の、広永さんの言葉を、正確に、いってくれませんか」

と、十津川は、頼んだ。

「正確にといいますと？」

「そうですね、広永さんは、どんな時に、自殺を考えると、いったんですか？
それに、どんな形で、自殺をしたいといったんですか？」
「何といいましたかねえ」
と、支店長は、考えていたが、
「そうだ、こんなことをいってましたね。子供たちが、集ってくれている時に、
死にたいと。ひとりで、死ぬのは、寂しいからと」
「他の人にも、同じことをいっていると思いますか？」
と、十津川は、きいた。
「多分、親しい人には、いってるんじゃないですかね。私に、おっしゃったくら
いだから」
と、支店長は、いった。

4

「それで、拍子抜《ひょうしぬ》けしてしまったんだよ」

と、十津川は亀井《かめい》刑事に、話した。

「自殺じゃあ、われわれは関係ありませんね」

亀井が、笑った。

「その支店長以外にも、広永と親しかった人間、二、三人に、彼は、いっていたんだよ。自殺するなら、子供たちが、集ってくれている時に、したいとだ。ひとりで寂しく、死んでいきたくはないとね」

「それで、誕生祝いに子供たちと、その連れあいが集ってる時に、自殺したというわけですか？」

「そうなんだよ。カメさんも、死ぬ時は、みんなに看取《みと》られて、死にたいかね？」

と、十津川は、きいた。

「そうですねえ。うちの子供は、まだ小さいですが、それぞれ結婚して、家内《かない》が亡くなっていたら、やはり、子供たちが、集ってくれている時に、死にたいと、思うかも知れませんね。誰もいない時に、死んで、なかなか気付かれないなんて、悲惨ですからね」

「やはりそうか」

「しかし、警部。広永さんのところは、長男夫婦と同居しているわけでしょう？それなら、孤独な死ということは、なかったんじゃありませんか？」

と、亀井が、きいた。

「そうだが、長男夫婦は、別棟《べつむね》に住んでいるんだ。広い家だからね。それに、あまり交流はなかったらしい」

「家が広いというのも、善《よ》し悪《あ》しですね」

亀井は、苦笑した。

「だから、何かなければ、母屋《おもや》に行かなかったのかも知れないんだ」

と、十津川は、いった。

「それなら、自殺と考えるより仕方がないと思いますねえ」

と、亀井は、いった。

「ただねえ、どうも気になることが、あってね」

「何がですか？」

「誕生日を、間違えてることなんだよ。田口医師も、変だといっているが、六月十五日に、バースデイを祝っているが、本当は、十四日なんだ」

「十五日が、日曜日で、子供たちが集りやすかったということは、なかったんですかねえ」

「十五日は、月曜日だよ。むしろ、本当の誕生日の十四日の方が、集りやすかった筈なんだ」

と、十津川は、いった。

「一日の違いぐらい、どうでもいいようなものですが」

「そうなんだがね。何となく、気になってねえ」

と、十津川は、いった。

「子供たちと、連れあいは、どういってるんですか？」

「父親が、十五日が、誕生日だから、集ってくれというので、ボケて、日にちを間違えたなと思ったが、それをいうわけにはいかないので、十五日に集り、バースデイケーキも、作ったと、いっているんだよ」

「アルツハイマーですか」

「子供たちは、そうじゃないかと、いっている」

「田口という主治医の意見は、どうなんですか？」

と、亀井が、きいた。

「そんなボケはなかったと思うと、いっているんだがね。ただ、ボケというのは、医者にも、なかなか、わからないものらしいんだ」

「遺書は、なかったんですか？」

「ない。あれば、簡単なんだがね」

「長男夫婦が、面倒を見るのが嫌になって、自殺に見せかけて、殺したということは、ありませんか？」

「それはないね。今もいったように、別棟に住んでいたし、広永さんは、体力は衰えていたといっても、日常生活が、出来なかったわけじゃない。ひとりで、仕事もやっていたし、通《かよ》いのお手伝いも、来ていたんだ」

と、十津川は、いった。

「じゃあ、いくら調べても、子供たちが、殺す理由は、見つからないわけですね？」

「その通りなんだよ」

と、十津川は、いった。

結局、警察が介入《かいにゅう》する余地《よち》は、ないということになった。

個人的には、まだ、何となく、気になったが、刑事として、動くことは出来ず、田口医師に、その旨《むね》を、連絡した。田口の方も、

「妙な具合になって、広永さんの家に、暗いものが出ても困りますので、それで、良かったのかも知れません」

と、いった。

十津川は、再び、本来の仕事である、殺人事件の捜査に、熱中した。広永家のことも、自然に、忘れていった。

だが、事件が一つ片付いたとき、また、広永家のことが、頭に浮んできた。やはり、何となく、気になっていたのだろう。

十津川は、田口を、夕食に誘い、その後の広永家の様子を、きいてみることにした。

新宿の高層ビルの三十六階にあるレストランでの食事だった。

「広永家は、うまくいっていますよ」

と、田口医師は、食事をしながら、ニコやかに、いった。

「しかし、借金とか、相続税とかで、大変だったんじゃありませんか？」

「あの邸の、債権などを売ってすませたみたいで、トントンだったみたいですよ」

と、田口は、いう。

「それじゃあ、子供たちは、借金を背負うこともなかった代りに、遺産も貰えなかったということになりますね」

「そうですね」

「それじゃあ、別に、うまくいっているわけじゃあ、ないでしょう？」

と、十津川は、きいた。

「保険金が入りましたよ」

「保険？」

「ええ。広永さんが、生命保険に入っていたんです。三億円のです。それで、子供たちは、一人、一億円ずつ、分配して、ニコニコというわけです」

「三億円もの保険金ですか」

「ええ。広永さんは、生命保険が嫌いな人でしたが、事業がうまくいかなくなったりして、子供たちに残すものがない。それで、生命保険に入ったんだと思いますよ」

「子供たちは、そのことを、知っていたんでしょうかね？」

「さあ、わかりません」

「どこの生命保険に入っていたんですか？　何という保険会社の保険ですか？」

十津川が、きくと、田口は、眉をひそめて、

「十津川さん。何か、おかしいんですか？」

「別に、おかしいとは思いませんが、念のために、聞いておきたいんですよ」

「不審な点があれば、保険会社は、支払いをしないでしょう」

と、田口は、いった。

田口は、明らかに、十津川が、この事件を、むし返そうとしていることに、当惑しているようだった。

「それは、そうですが、何となく気になりますからね」

と、十津川は、いった。こんな時は、どうしても、刑事根性《こんじょう》が顔をのぞかせ

てしまうのだ。

「ねえ。十津川さん。私が、あなたに、余計な話をしたので、広永さんのお子さんたちに、不愉快な思いをさせてしまった。あれ以来、ずっと、それが、気になっているんですよ。だからまた、何でもないのに、刑事さんが、出て来て、あの人たちを、困らせたくないのですよ。それは、わかって下さい」

と、田口は、いう。

「もちろん、よくわかります。しかし、私も、刑事ですからね。胸に引っかかることは、やはり、きちんとしないと、気がすまないのですよ」

と、十津川は、いった。

田口は、食事を中断して、考えていたが、

「どうせ、私がいわなくても、調べるんでしょう?」

「調べます」

「T生命ですよ」

と、田口は、いった。

翌日、十津川は、T生命に出かけ、広永の保険の担当者に会った。長崎《ながさき》という中年の男だった。

「確かに、契約通りに、三億円を、お支払いしましたが」

と、長崎は、いう。

刑事が訪ねてきたというので、明らかに、緊張していた。

「保険に入るといったのは、広永さん本人ですか？　それとも、家族の方ですか？」

「ご本人です」

「本人？」

「ええ。前から、広永さんのところには、勧誘に行ってたんですが、おれは、そんな縁起《えんぎ》でもないものに入るかと、おっしゃっていたんですが、お年齢《とし》の関係でしょうか、急に入るとおっしゃいましてね」

「それで、掛金を、かけていたのも、本人ですか？」

「いえ。一緒に住んでおられるご長男の方です」

「なぜ、本人でなく、長男が、支払いをしていたんですかね？」

「さあ。月払いなので、いちいち面倒くさいので、息子さんが、払っていたのだと思いますよ」

「広永さんは、自殺でしたね」

「はい」

「自殺で、問題はなかったんですか？」

「契約から、一年以上、たっていれば、保険金は、支払うことになっていますからね。以前は、自殺の場合は支払われないことになっていたんですが、現在は、今いったように、一年以上経過していれば、支払うわけです」

「では、一年以上、たっていたんですね？」

「そうです。たった一日でしたがね。一日でも、条件は、満たされていました」

「一日？」

思わず、十津川の声が、大きくなる。

長崎は、笑って、

「確かに、きわどいですが、一年以上たっていることは、事実です」

「六月十五日がですね」

「そうです。六月十四日に死んでいれば、お支払いは、出来ませんでしたね」

「ありがとう」

と、十津川は、いった。

5

十津川は、日時を選んで、広永の墓のあるK寺へ出かけた。

思った通り、広永の子供たちが、家族を連れて、来ていた。

「今日は、広永さんの四十九日だから、皆さん、お見えになっていると思いましたよ」

と、十津川は、声をかけた。

長男の浩が、渋面《じゅうめん》を作って、

「今日は、何の用ですか？　亡くなったおやじを偲《しの》んでいるんです。第三者に、邪魔されたくありませんね」

「そうしたいんですが、どうしても、引っかかることがありましてね。三億円の保険金のことです」

「あれは、契約通りに、支払われたんですよ。問題はない筈です」

「だが、誕生日の六月十四日に死んでいれば、自殺では、支払われなかった。一日足りないからですよ。十五日だったから、契約の条項に合致《がっち》して、支払われた」

「だから、どうだというんですか？　一日遅れのバースデイだろうと、六月十五日に死んだことは、間違いないんです！」

と、浩は、声を荒らげた。

「広永さんは、時々、子供たちに囲まれて死にたいと、いっていた。だから、彼のバースデイに、子供が集り、その中で自殺しても、ああ、あの言葉は、本心だったのかと思う。だから、本当は、六月十四日に、自殺したことにしたかった。久しぶりに、家族全員が集った中でね。しかし、それでは、保険金がおりない。そこで翌日の六月十五日にした」

「あれは、おやじが、ボケて、一日、誕生日を間違えたんですよ」

と、次男が、いった。

「都合よく、間違えたもんですねえ」

「保険は、パパが、自分で入ったものよ。私たちが、勝手に入れたもんじゃないわ」

と、長女が、甲高《かんだか》い声で、いった。

「それは、知っています。多分、あなた方が、お父さんに、せっついて、入らせたんでしょう。邸も抵当に入ってるし、借金もある。お父さんが突然亡くなったら、困るとでもいってね。広永さんは、仕方なく、T生命に入ったが、もともと、保険嫌いな人だ。いやになって、毎月の掛金を払わなかった。あわてた、あなた方が、代って、支払った」

「あれは、おやじが、面倒くさいから、代って払ってくれといったんだ」

と、浩が、いった。

「そうですかねえ。私は、あなた方が、広永さんのバースデイを一日遅らせ、自殺に見せかけて、殺したと思っていますよ。十四日は、みんなが揃《そろ》わない。翌日の十五日なら、全員が揃うから、十五日に、バースデイパーティを、やりましょうと、いってね。みんなが揃わないんじゃなくて、十四日に死んでは、保険金が、支払われないからじゃなかったんですか？」

と、十津川は、いった。

次男が、顔を、赤くして、

「いくら警察だからって、そんな失礼なことをいうと、あんたを、告訴するぞ。私の友人には、有能な弁護士が、何人もいるんだ！」

と、怒鳴った。

「自殺に見せかけて、殺さなかったというんですか？」

「当り前だ。それとも、おやじを殺したという証拠でもあるのか？　あるんなら、見せてみろ！」

と、また、怒鳴った。

十津川は、微笑した。

「広永さんが、生命保険に入っていることを、なぜ、主治医の田口さんが、知らなかったんでしょうかね？　それだけじゃない。あの年齢の人が、保険に入るには、医師の診断書が、必要ですよ」

「診断書は出しているよ。だから、保険に入れたんだ」

「そうです。出ています。しかし、田口さんの診断書ではなかった。なぜ、主治医の田口さんの診断書じゃないんでしょうか？　T生命の指定する医者のものでもない」

「どの医者でもいいじゃないか」

と、長男が、いった。

「そうです。正式なものならね。私は、T生命で、その診断書を借りて来ました。これです。医者の名前は、木下勇一《きのしたゆういち》。私は、この医者に会って来ました。というより、連行して、訊問したといった方がいいかな。前々から、問題のある医者でね。自供しましたよ。彼は、広永さんを診ていない。長男のあなたに、金を貰って、問題がないという診断書を書いたとね」

十津川は、その診断書を、突きつけて、相手を見すえた。

野《ノ》良《ラ》猫殺人事件

1

北条早苗《ほうじょうさなえ》刑事は、メスのシャム猫を飼っていた。名前は、生れた月から、メイと名付けた。

早苗は、この猫のために、マンションを替えている。前のマンションは、犬、猫を飼うことを禁止していたので、子猫の時は、何とか誤魔化して飼っていたのだが、年頃になると、シャムの鳴き声が甲高《かんだか》くてばれてしまい、仕方なく、今の武蔵境《むさしさかい》のマンションに引越した。

このマンションは犬猫オーケイだったし、早苗の借りた一階には、小さいながら庭もついていて、猫を飼うには便利だった。

メイは、血統書つきのシャムなので、結婚させるなら、相手も血統のいいオスにしたいと考えていた。

ところが、早苗の知っている友人で、それらしいオスのシャム猫を飼っている人間はいなかった上に、今年の春になって、やたらにモーションをかけてくるオス猫が、現れた。

庭に入り込んできては、窓ガラスを引っかき、メイに向って恋のセレナーデを唄うのである。

これが、図体は大きいが、見事な野良猫で、早苗は、こんな猫ではメイが可哀そうと思い、部屋から絶対に外に出さなかった。

（お前は、もっと、カッコのいい、血統書つきのオス猫と結婚させてあげるわよ）

と、早苗は、メイにいい聞かせるのだが、親の心子知らずというのか、問題の野良猫が姿を現すと、浅ましいまでに、メイも鳴き声をあげ、外に出ようとするのだ。

そして、ある日、メイは野良を追って、マンションから姿を消してしまったのである。

早苗が、ガラス窓を開けた一瞬の隙《すき》に、飛び出してしまったのだ。

その後、例の野良猫はぴたりと姿を見せなくなったことを考えると、メイが彼を追って行ったことは、間違いない。

早苗は、もちろん、必死になってメイを探した。彼女の写真をコピーして、電柱や町内会の掲示板に貼ったりもしたのだが、見つからない。

一ケ月、二ケ月とたつと、諦《あきら》めの気持になったものの、新しく猫を飼う気にはならなかった。心のどこかに、ひょっとしてメイが戻って来るのではないかという思いが、あったためである。

七月の暑い日に、それが現実となった。

夕方になって、窓の外で猫の鳴き声がするので見てみると、庭の隅に、うす汚れた猫がうずくまっている。あわてて傍へ行ってみると、まぎれもなくメイであった。

しかも、彼女の傍に、小さな子猫が二匹、丸まってメイの乳を飲んでいるのだ。

早苗は、驚きと嬉しさで、メイと子猫を部屋の中に入れ、段ボール箱にタオルを敷いて、まず休ませることにした。

二匹の子猫は揃って不細工で、明らかに、父親の野良猫の血を多く受けついでいるのだった。

同僚の西本《にしもと》刑事は、遊びに来て猫を見ると、

「他の子猫は、もう、貰《もら》われちゃったのか？」

と、きいた。

「他の子猫って？」

「僕の友人に、君と同じシャムのメスを飼っている奴がいてさ。同じように野良と一緒になったんだが、子猫が五匹生れてね。たいてい、猫って、一度に五、六匹生れるもんらしい。その五匹だが、一匹はシャムそのもので、可愛くてね。すぐ、貰われていった。二匹目、三匹目は、なぜか色が真っ黒と真っ白で、それも間もなく貰われていって、最後に、いかにも野良というのが二匹残ってしまったといっていたんだ」

「それが、この二匹なのかしら？」

「そんな気がするがねえ」

「それなら、意地でもこの二匹は、私がちゃんと飼ってやるわ。よく見れば、結構可愛いわ」

と、早苗は、いった。

西本は笑って、

「そうかなあ。僕は、差別主義者じゃないけど、どう見ても、この二匹は不細工だぞ」

と、いった。

2

六日後の、同じように暑い日に、中野で殺人事件が発生した。

三十一日、午前十時。梅雨は、一週間前に明けていた。

七階建のマンションの、三階の２ＬＤＫの部屋で、若い女が殺されていた。

名前は、行方《なめがた》ひろみ。二十六歳。この年齢《とし》の女にしては、立派なマンションだった。

二十畳近いリビングルームは、今はやりの板の間《フローリング》になっていて、行方ひろみはそこに、首を締められて死んでいたのである。

ネグリジェ姿だったから、昨夜の中に、殺されたものと思われた。

「死亡推定時刻は、昨夜三十日の十一時から十二時といったところかな」

と、検死官が、いう。

「発見者は、ここの管理人だったね？」

十津川は、亀井に、きく。

「そうです。九時過ぎに、この部屋の前を通りかかったところ、部屋の中から、猫の鳴き声がしたそうです。このマンションでは、犬猫は飼ってはいけないことになっているので、注意しようとドアを開けたところ、リビングルームに倒れている行方ひろみを発見したそうです」

と、亀井が、いう。

「猫は、いたのかね？」

と、十津川は、見廻した。

「箱に入った子猫がいたそうで、今、管理人室に持って行っています」

「かくれて、飼っていたわけか？」

「そうらしいです。ただし、管理人の話では、被害者が子猫を飼いだしたのは、極《ご》く最近のことのようです」

と、亀井はいった。

外のベランダには、その子猫におしっこをさせていたと思われる、砂の入った段ボール箱が、置いてあった。

被害者の首には、ロープ状のものが巻かれていたと思われるのだが、そのロープは見つからなかった。犯人が、持ち去ったのだろう。

リビングルームには、応接セットが置かれていて、そのテーブルの上には、ビールの中ビン一本と、コップ一つが、置かれている。

被害者が、ネグリジェに着がえてからビールを飲んでいた時、犯人が入って来て、襲われたのかも知れないし、或いは、コップはもう一つあって、客に、ビールをすすめていたことも考えられる。キッチンには、洗ったコップが四つ置かれているから、犯人は、自分の使ったコップを洗って、指紋を消したのか、或いは、持ち帰ったのかも知れない。

ビールビンの中身は、ほとんど、残っていなかった。

死体が、解剖のために運ばれたあと、刑事たちは彼女の部屋を調べ、聞き込みに去った。

十津川は、北条早苗には、管理人室に行って、被害者が内緒で飼っていたという子猫を借りてくるようにいった。早苗が猫好きと、聞いていたからである。

「その子猫が、犯人を見ているかも知れないからな」

と、十津川は、冗談まじりにいった。

管理人が預っていたのは、シャムの子猫で、段ボール箱の中に、タオルを厚く敷いた寝床の中で、眠っていた。

「お腹が空いていたようなので、ミルクを飲ませておきましたよ」

と、管理人は、いった。

早苗の子猫と同じ、生後四ケ月といったところだろう。もう、眼は見えているから、十津川のいうように犯人を見ているかも知れないし、被害者の悲鳴を、聞いているかも知れない。

早苗は、その子猫を持って、中野警察署に戻った。

午後五時、一応、聞き込みが終ったところで、第一回の捜査会議が開かれた。

十津川が、総括する形で、捜査本部長の三上《みかみ》に、報告する。

「被害者の行方ひろみは、チェリーバンケットというコンパニオンクラブの社長をやっています。社員は、一応五名になっていますが、これは、正式な社員というのではなく、何か、パーティを引き受けたりすると、人数が増えていたようです。きわどいこともしていたらしく、そのせいで、かなりの収入がありました」

「具体的に、どのくらいの収入があったんだ？」

と、三上がきく。

「仕事の性質上、毎月決った収入というのはなかったようですが、多い時には、二百万近い収入があったと思われます。あのマンションは、都内には珍しく駐車場付きなので、部屋代は十八万円と高いのですが、毎月、きちんと払っていたようです。預金通帳には、五百六十二万円の金額が、記入されています。この通帳は、奪われていませんでしたが、現金は、見つかりませんでした。従って、現金は盗まれている可能性があります。目撃者ですが、今のところ、聞き込みで浮んで来ていません。被害者は、福島県会津若松市の生れで、今でも、両親が向うで小さな旅館をやっています。こちらから連絡をとったところ、娘からは、ここ二年、全く連絡がないといっていました。犯人ですが、被害者が、部屋に入れたところから見て、顔見知りではないかと考えます。従って、コンパニオンの仕事関係を中心にした捜査を進めていこうと思います」

と、十津川は、いった。

三上部長は、肯《うなず》きながら聞いていたが、

「そこにいる子猫は、どういうことなのかね？　よく鳴いているみたいだが」

と、猫の入った段ボール箱に、眼をやった。

「被害者が飼っていたシャム猫です」

「それが、何か、今回の事件に関係があるのかね？」

「それはわかりませんが、被害者は、最近になって急に、子猫を飼うようになりました。管理人には内緒にです」

「私が、きいているのは、事件と関係があるのかということだよ。関係がなければ、捜査本部で飼っておくこともないだろう」

「その通りです。いずれにしろ、あの部屋には置いておけませんので北条刑事が、自宅でしばらく飼うといっております。彼女のところには、猫が、目下三匹いるそうです」

と、十津川は、いった。

「それで？」

「なぜ急に、被害者が子猫を飼う気になったか、それを調べたいと思っています」

「つまり、彼女にその子猫をプレゼントした人間が、犯人ではないかということかね？」

と、三上が、きく。

「その可能性もあると、思っています」

と、十津川はいった。

この日、早苗は、子猫を連れて、自宅マンションに戻った。

お腹を空かしたのか、ぴいぴいと鳴き出した。早苗は、ミルクを飲ませることにした。浅い皿に、ミルクを注ぎ、傍に、子猫を置くと、ぴしゃぴしゃと、なめ始めた。

早苗は、メイと、二匹の子猫の方に、眼をやった。

段ボール箱の中に入れたメイは、横になって眠り、二匹の子猫は、そのお腹にもたれて、こちらもすやすやと眠っている。

早苗は、この親子と、現場から連れて来た子猫を、比べてみた。

親子の方は、きれいなシャムの母親と、いかにも、雑種といった子猫が二匹。こちらの子猫は、美しいシャムだ。

その違いはあるが、三匹とも大きさは同じくらいで、生後、四ケ月といったところである。

早苗は、西本の言葉を思い出した。純粋のシャムのメスと、雑種のオスが結婚して五、六匹の子供が生れると、その中の一匹か二匹はきれいなシャムで、残りは、不細工な雑種だという言葉である。

(ひょっとして、この可愛らしい子猫は、メイと、雑種のオスの間に生れた子猫の中の一匹ではないのだろうか?)

早苗はふと、そんなことを考えた。が、自信はなかった。

早苗のマンションは武蔵境で、被害者の住所は、中野である。距離があり過ぎた。

メイを引っかけた雑種の野良猫は、早苗のマンションから百五十メートルばかりのところにある公園を、根城にしていた。中野にいた野良猫ではなかった。

（違うわ）

と、思った。が、それでも、早苗は万一を考え、ミルクを飲み終った子猫を抱きかかえ、そっと、メイのお腹のところ、他の二匹の子猫の横に置いてみた。

しばらく、観察した。

シャムの子猫は、ぴいぴい鳴きながら、メイのお腹にもぐり込もうとする。

メイが、眼をさました。

引っかきでもしたら、急いで子猫を拾いあげるつもりだったが、メイは、気だるそうに身体を小さくゆすっただけで、また眼を閉じてしまった。

その間にも、シャムの子猫は、しゃにむに、メイのお腹の下にもぐり込んでしまった。

他の二匹の子猫は、眠り続けている。三匹の子猫は、仲良く並んだ恰好になった。

早苗は、その様子を、しばらくの間じっと見守っていた。

3

被害者の会社チェリーバンケットには、一応、五人のコンパニオンが所属していた。

刑事たちは、その五人から事情をきくことにした。

元ＯＬや、モデル、それに一人は、人妻だった。

五人とも、警察に協力的とはいえなかった。それは、警察が嫌いというよりも、社長の行方ひろみにあまりいい感情を持っていなかったためのようだった。

それでも、十津川たちは、根気よく、彼女たちに問いかけた。

問題の第一は、アリバイだった。

司法解剖の結果、死亡推定時刻は、七月三十日の午後十時から十一時の間となっていた。

その間、五人の女たちは、何をしていたのか？

二人の元ＯＬは、その時刻、客とホテルにいたと証言した。

人妻は、家族と一緒にテレビを見ていたといい、残りの二人、モデルとフリーターは、自宅マンションにいたと証言した。

ホテルにいた二人と、家族と一緒の人妻のアリバイは、簡単に、裏取りが出来た。

問題は、あとの二人だった。二人が、死亡推定時刻に、自分のマンションにひとりでいたというのである。一人は、テレビを見ていたといい、もう一人は、ビールを飲んで寝てしまっていたという。

あいまいなアリバイは、それを証明するのも難しいが、同時に崩すのも難しい。

ただ、その二人には、動機が乏しかった。チェリーバンケットという会社自体が、ひどくあいまいで実体の乏しいもので、社員にしても、仕事が貰えるから籍を置いているというだけで、他にもっと割りのいい仕事があれば、簡単にそちらへ移ってしまうようなものだった。

十津川が調べた限り、この二人の女が、被害者の社長と強い利害関係があったという証拠は見つからなかった。金銭の貸借もなかったし、三角関係のもつれもなかったようだった。

この二人が犯人でないとすると、五人の社員は全員、容疑圏外に置かれることになる。

残るのは、チェリーバンケットの社長としての行方ひろみではなく、一人の女としての行方ひろみが、誰に何故、殺されたかという問題に絞られてきた。

十津川は、彼女の経歴と、人間関係、特に異性関係を重点的に調べることにした。

ひろみは、福島の商業高校を卒業後上京し、最初は、中堅の建設会社にＯＬとして、就職している。

二十歳の時、同じ会社で働く男子社員と恋愛し、結婚した。しかし、一年で離婚し、ひろみは水商売に入った。

新宿のクラブのホステスとして働いていたが、男に欺《だま》されて借金が増え、その借金を返すために、ソープランドで約一年間働いた。

その後、チェリーバンケットを作り、現在に到っている。

その間に、一人の男の名前があがってきた。

山川武志《やまかわたけし》、四十歳。自称経営コンサルタントで、中小企業向けの本を一冊だけ出しているが、実際に、どんな仕事をやっているのか不明である。

山川は、ひろみがコンパニオン会社を始めた時から彼女と関係が出来た様子で、仕事の相談にも、のっていたと思われる。

彼らしい男が、被害者のマンションに出入りしていたという目撃者の話を聞いて、十津川は亀井と、この男に会いに行った。

山川のマンションは武蔵境にあった。無名の自称経営コンサルタントにしては、2DKの、真新しいマンションが住居になっている。

山川は小太りの男で、十津川たちが警察手帳を示しても、別に驚いた表情は見せず、逆に、

「行方ひろみさんのことで、いらっしゃったんでしょう」

と、先にいった。

「亡くなったことは、ご存知のようですね」

と、十津川も、いった。

「テレビのニュースでも見たし、新聞にものっていましたからね」

「彼女とは、どの程度のつき合いでした？」

と、亀井がきいた。

「僕も独身だし、彼女もひとりだったから、泊っていくこともありましたよ。結婚しようという話はしませんでしたがね」

といって、山川は微笑した。

「彼女が、チェリーバンケットというコンパニオン会社をやっていたことは、ご存知だったですか？」

十津川は、そうききながら、素早く十畳ほどのリビングを見廻した。

何の優勝カップかわからないが、数個のカップが、飾ってある。それが、この男の、虚栄心の表われのように見えた。

山川は、ちらりと十津川の視線を追ってから、

「知っていましたよ」

「相談にのったことも、あるんじゃありませんか？」

「ええ、ありましたね。僕は、コンパニオン会社というものについて、一般論を

話しました。良くも、悪くもね」

「彼女の会社は、売春めいたこともやってたようなんですが、知っていましたか？」

「気付いていましたよ。危いことをやっていると思っていたし、時々、注意もしていましたがね」

と、山川は、いう。

「あなたが、時々、彼女のマンションに来ているのを見た、という人がいるんですが、その通りですか？」

と、十津川はきいた。

「どんな人が、いっているんですか？」

「チェリーバンケットの五人の女性ですが」

と、十津川がいうと、山川は、苦笑して、

「あの女たちの証言なんか、全く、当てになりませんよ。社員といっても、別に、正式なものじゃないし、平気で、嘘《うそ》をつく連中だろうからね。僕が、五、六万でも払えば、全く反対の証言だって、簡単にする筈《はず》ですよ」

「彼女たちのことを、よく知っているみたいですね？」

「知っていますよ。金のためなら、どんなことでもする女だということをね」

「それで、行方ひろみとは、時々会っていたんでしょう？」

と、十津川は、同じ質問を繰り返した。

「時々というのが、一月に一回ぐらいというのなら、イエスですよ」

「その時、どんな話をしたんですか？」

「いろいろな話をしましたよ。世間話とか、コンパニオンの働きが悪いとか、警察がうるさいとか」

「最後に会ったのは、いつですか？」

亀井がきくと、山川は笑って、

「それはつまり、彼女が殺された日に、あのマンションに行ったかどうかということでしょう？　つまり、アリバイを聞いているわけでしょう？」

「その答は、どうなんです？　七月三十日の夜ですが」

「あの日は、暑いので、一日中海に行っていましたよ」

と、山川は、いう。

「何処《どこ》の海です？」

「大磯の海です」

「ひとりで？　それとも、誰かと？」

「ひとりですよ、車を飛ばしてね。ただ、海水浴客で一杯だったんで、泳ぎませんでしたがね」

「夜もですか？」

「ええ、砂浜で、ひとりで星を見て、寝転んでいましたよ。ここに帰って来たのは、翌日の昼過ぎでした」

「どこの砂浜で、寝ていたんです？」

「大磯の前の海岸の、人気のないところでね。そんなところだから、誰にも会いませんでしたよ」

と、山川は、先廻りするようにいった。

「猫は、お好きなんですか？」

十津川が、いきなり、きいた。

「なぜですか？」

と、山川がきく。

「そこの棚に、猫に関する本が三冊のっているので、聞いてみたんです」

と、十津川は、優勝カップの飾ってある棚を、指さした。

「ああ、これですか」

と、山川はいい、

「友人が、お前は無趣味だから、猫でも飼ったらどうだと、あの本を貸してくれたんですよ」

「ちょっと、拝見」

と、いい、十津川は棚の傍に行き、三冊の本を手に取った。

「猫の習性、猫の血統、それに、写真集ですか？　それで猫を飼うことにしたんですか？」

「いや、このマンションでは飼うことを禁止されていますから」

と、山川は、いった。

「それでも、猫は、好きなんでしょう？」

「なぜです？」

「嫌いなら、本を返してしまっている筈だと思いますからね」

　と、十津川は、いった。

「本当は、動物は好きじゃありません。その友人が、あまりに熱心に勧めてくれるので、むげにノーといえなくなりましてね。一応、読んでみるといっただけです」

　と、山川は、いった。

「行方ひろみが子猫を飼っていたのは、知っていましたか？」

「いや、知りませんでしたよ。本当に、飼っていたんですか？」

「現場に、シャムの子猫がいました」

「知りませんでしたね。多分、最近飼ったんだと思いますね。僕の知っている限り、彼女は、猫なんか飼っていませんでしたからね。第一、あのマンションは、禁止の筈です」

　と、山川は、いった。

「今、何をしていらっしゃるんですか？」

　と、亀井が、きいた。

「もちろん、経営コンサルタントです」

「失礼ですが、あまりあなたの名前を聞きませんが」

「コンサルタントというのは、タレントじゃありませんからね」

と、山川はいった。

4

「あの男は、どうも、好きになれません」

亀井が、帰りのパトカーの中で、十津川にいった。

「うさん臭い男ではあるな」

と、十津川も、いった。

「大磯の海へ行って、夜通し星を見てたなんて、嘘に決っていますよ」

「かも知れないが、嘘だという証拠はない」

「奴のアリバイを、徹底的に調べましょう」

「それと、動機は？」

と、十津川は、きいた。

「彼は、ポルシェ911Sを持っています」

「それで？」

「仕事らしい仕事をしていない男が、ポルシェを乗り廻し、あのマンションに住み、カルティエのゴールドの時計をしています。正常じゃありませんよ。多分、女を食いものにしてきたんだと、思いますね」

「女というのは、行方ひろみのことか？」

「そうじゃないかと思うのです。チェリーバンケットの社長は、殺された行方ひろみということになっていますが、実権を握っていたのは、あの男じゃなかったんですかね。そんな気がしてくるんですよ」

と、亀井は、いった。

捜査本部に戻ると、北条早苗刑事が、

「被害者のマンションで、面白いものが、見つかりました」

と、いって、一枚のコピーを、十津川に示した。

「何だい？」

と、十津川がきくと、

「猫の系図といったもので、種類は、シャム猫のものです」

「一番最後のところに、子猫の写真が貼ってあるが」

「どうやら、あの部屋で見つかった子猫の写真のようです。一九九六・三・二七という数字が、書き添えてありますから」

「生後、四ケ月ということか」

「そのくらいの子猫です」

「母親はミイコ、父親はタローで、これも、ポラロイド写真が貼ってあるね」

「そうです」

「これのどこが、問題なんだ?」

と、亀井が、覗《のぞ》き込みながら、早苗にきいた。

「そのメスのミイコですが、私の猫にそっくりなんです」

「しかし、同じシャムなら、よく似ているだろう?」

「そうですが、飼い主の私が見れば、違いがわかりますわ。それに、その猫の首輪に見覚えがあるんです。私が、組紐《くみひも》を使って作った首輪に、そっくりなんです」

と、早苗はいった。

「君の、何といったかな？」

「メイです」

「そのメイは、家出をしていたんじゃないのか？」

「はい。三ケ月して、戻って来ました」

「子猫を、連れて帰ったといっていたね？」

「はい」

「一緒になった相手が、雑種の野良猫だと、文句をいっていたようだが」

「そうなんです。完全な雑種でした。連れて来た子猫も、二匹とも、父親そっくりでしたわ」

「被害者のマンションで見つかった子猫は、立派なシャムに見えたんだが」

と、十津川がいうと、西本刑事が、急に話に入ってきて、

「五、六匹子猫が生れると、全部が、雑種の父親に似るわけじゃありません。母親の血が強く出る子猫もいて、それは、純粋のシャムに見えます。私の友人のと

ころの猫がそれで、同じ状況だったんですが、生れた五匹の子猫の中《うち》、一匹がきれいなシャムで、それは、すぐ貰われて行きました。残りの四匹の中、なぜか、真っ黒が一匹、真っ白が一匹いて、これも可愛かったので貰われましたが、残りの二匹は、雑種のオスにそっくりで、まだらで、いかにも雑種という子猫なので、とうとう貰い手がつかず、仕方なしに、友人はその二匹を、育てています。純血のメスのシャムと、雑種のオスが一緒になると、そんな風に子猫が生れるんじゃありませんかね」

「すると、北条刑事の猫である可能性が、十分にあるわけか？」

「そうです」

「すると、この血統図は、どうなるんだ？」

と、亀井が、きいた。

「多分、子猫を、被害者に高く売りつけようとして、もっともらしい血統図を作ったんだと思いますね」

「北条刑事は、メイをいくらで買ったんだ？」

「七万円です」

「シャムの子猫は、そのくらいするのか？」

「血統書つきなら、そのくらいはすると思いますわ」

と、早苗は、いった。

「子猫を売りつけたのは、山川武志かな？」

十津川は呟《つぶや》き、今日会ってきた男の顔を思い出した。

「可能性は大きいですね。棚に、猫についての本が、三冊もありましたから」

と、亀井がいう。

「しかし、山川がインチキ血統図を作って、子猫を高く彼女に売りつけたとしても、それで、彼が犯人ということにはならないよ」

と、十津川は、いった。

「しかし、動機には、なるんじゃありませんか？」

と、西本がいう。

「高く売りつけられた、血統書つきのシャムの子猫がニセモノだと知って、被害者が怒って、金を返せと要求し、それが、殺人事件になったということか？」

「そうです」

「しかしねえ。うまく欺《だま》して売りつけたとしても、せいぜい、七万円のものだろう。それで、殺人にまで発展するかな？」

と、十津川は、首をかしげた。

「一万円でも、殺人は起きるケースがありますから」

と、西本が、いう。

「それは、現金を奪うケースだろう？　こちらのケースは、ニセモノでも、可愛らしい子猫がいることはいるんだ。それも、素人が見れば、シャムとしか見えない子猫がね。七万円まるまる損したわけじゃないんだ。山川に殺意を起こさせるほど、難詰するだろうか？　山川だって、七万円の弁償をケチって行方ひろみを殺すとは、思えないがね」

と、十津川は、いった。

亀井が、早苗に向って、

「君は、どう思うね？」

「私が、何をでしょうか？」

「君は猫が好きで、今、飼っているし、問題の子猫は、今、君のところにいるんだ。その君の考えを聞きたいんだよ」

「私の個人的な考えになりますが、よろしいですか？」

と、早苗は、いった。

「もちろん、それで、いいんだ」

「私は、被害者が、あの子猫がニセの純血シャムと気付いたとは、思えないんです。ですから、これが殺人の動機とは、考えられませんわ」

「理由は、何かな？」

「被害者が、欺されてあの子猫を買ったとしても、疑いを持ったとは思えないからですわ。第一、あの子猫は専門家が見なければシャムと思いますし、シャムの血が流れているのは、事実なんです。被害者は専門家じゃないんだから、純血のシャムとは違うと、わかるわけはありません。それに、この血統図ですわ。もし、彼女が、欺されたと知っていたら、このコピーは、破り捨てていたんじゃないでしょうか？」

と、早苗は、いった。

「欺された証拠に、持っていたのかも知れないよ」

と、亀井は、いった。

「それも、あるかも知れません」

早苗も、肯いた。

「ところで山川のマンションだが、君と同じ、武蔵境だ。距離的には、どうなんだろう？」

十津川は、東京の地図を持って来て、今日行った山川のマンションの位置に、印をつけて、早苗に見せた。

「近くに、K公園というのが、ありましたか？」

「これだろう。Kと書いてある」

十津川は、地図にある小さな、ひょうたん形の緑の部分を、指さした。

「それなら、私のマンションの近くですわ。この公園にいたのが、問題の野良猫」

「君の大事なメイを誘惑した奴か」

「そうです」

「その野良猫は、今でも、このK公園にいるのかね？」

「いませんわ。私は、メイを探しに、何回も公園を探したんですけど、メイも、野良猫も、見つかりませんでした」

「どんな野良猫なんだ？」

「でかくて、茶と白のぶちなんです。公園には他に、三匹野良猫がいたんですけど、そのボス的存在。私は、単純にブチと呼んでました」

「仮説としては、山川が、君のメイとそのブチとの間に生れた子猫を見つけて、一番見栄えのするのを、インチキ血統書を添えて、行方ひろみに売った。その時、メイのポラロイド写真も撮ったんだと思う。ただ、君のつけたメイという名前を知らないので、勝手に、ミイコとつけた。そんなところじゃないかな」

と、十津川は、いった。

「しかし、サギで山川を逮捕しても、仕方がないでしょう」

と、亀井が、冷静にいった。

十津川は、苦笑する。

「カメさんのいう通りだ。それに、子猫を買った女は、死んでしまっている。山川のサギを証明しようがない。純血じゃないのを承知で買ったんだというかも知れないし、売ったんじゃなくて、タダで、プレゼントしたのだというかも知れない。相手が死んでいては、違うという証明は難しい」

「では、猫のことは忘れて、山川のアリバイ崩しに専念しましょう」

と、亀井は、それが結論のようにいった。

5

山川は、事件の夜、本当に大磯の海岸で、星を見ながら寝ていたのか？

彼は、それで、押し通そうとしている。

梅雨が明けているとはいえ、広い海岸の、人気のない砂浜で寝ていたというのでは、崩すのは難しかった。

山川に、その場所を地図で示させ、十津川と亀井は、夜、パトカーを飛ばして行ってみた。

実際には、そこにペンションが建っていたりして、彼のいう景色と違っていたら追及できると思ったからなのだが、着いてみると、彼のいった通り、人の気配のない砂浜が、広がっているのだ。

「参ったね」

と、十津川はいい、星空の下で、砂浜に腰を下してしまった。

亀井も、並んで座ってから、

「山川は、ここへ、実際に来ていますよ。彼の証言通りの景色ですから。ただし、事件の夜に来たかどうかはわかりませんが」

「同感だね。多分、前日か、翌日、彼はここへ来て、実際に寝転んで、星を見たんだ」

「彼が、犯人《ほし》だと、今でも思われますか？」

「前よりも、一層、強く思ってるよ」

と、十津川は、いった。

「動機は、何ですかね？　子猫の一件ではないとすると」

「あの男は、愛だとか、恋だとかで、女を殺すようには思えないね。そんな感情は、持ち合せていない気がするね」

「すると、金ですか？」

「それなら、あの男にぴったりの感じだよ。カメさんも、行方ひろみから金をまきあげていたんじゃないかと、見ているんだろう?」

「そうなんですが、行方ひろみの預金通帳は、盗まれずに洋ダンスの引出しに入っていましたが」

「確か、M銀行の中野支店の通帳だったね?」

「そうです」

「キャッシュカードを使って、すでに引き出しているかも知れないよ。その確認はしてないいんだろう?」

「していません。夜が明けたら、すぐ調べてみます」

と、亀井は、いった。

捜査本部に戻り、夜が明け、銀行があくのを待って問い合せると、案の定、預金の大半、五百六十万円が、キャッシュカードを使って引き出されていた。

引き出されたのは、事件の翌日、七月三十一日の午後三時四十分頃で、引き出された場所は、M銀行の伊勢佐木町支店とわかった。

すぐ、西本と早苗の二人が、パトカーを飛ばして行った。

二人は、銀行に着くと、午後三時四十分に行方ひろみのキャッシュカードで引き出したと思われる人物を、監視カメラの映像で、チェックすることにした。

山川が映っていればと思ったのだが、ビデオに映っていたのは、十六、七歳の茶髪の少女だった。

顔をかくすでもなく、機械の前に立ち、引き出した札束を紙袋に入れて、ニコニコ笑いながら、画面から消えて行く。

「どういうことなんだ？」

と、西本が、眉を寄せた。

「山川が犯人なら、彼に頼まれ、引き出したんでしょうね」

と、早苗が、いう。

「だけど、この女はどう見ても高校生だぜ」

「ひょっとすると、犯人は、少女趣味があるのかも知れないわよ」

「しかし、山川のことも調べたが、そんな趣味があるようには見えなかったがね。マンションの管理人も、他の住人も、山川の部屋に女子高校生みたいな若い子が出入りしたのは、見ていないんだ」

「とにかく、警部に、連絡しましょう」

と、早苗がいい、電話で、捜査本部に報告した。

「高校生らしい少女か」

「そうです。でも、山川がつき合っていたとは思えませんから、金を引き出すためにだけ、拾ったのかも知れません」

と、早苗は、いった。

「少女を拾う?」

「はい。テレクラを使えば、金次第で、いくらでも茶髪の女子高生は、拾えると思います」

「なるほど。テレクラを使うか」

「それに、横浜の伊勢佐木町なら、大磯へ行く途中ですわ」

「事件の翌日、山川は、伊勢佐木町で被害者の預金を下し、その足で、大磯へ行き、アリバイ工作をしたというわけか」

「山川が犯人なら、そうなりますわ。問題のビデオテープは、ダビングして貰って、持ち帰ります」

と、早苗はいって、電話を切った。

ダビングしたテープを、早苗は、西本に渡した。

「あなたが、それを警部に渡して」

「君は、捜査本部に戻らないのか？」

西本が、不審そうにきいた。

「同じことを、二人で報告しても仕方がないわ。私は、ひとりで武蔵境へ帰りたいの」

「猫のことが、心配なのか？」

「それもあるけど、K公園へ行って、もう一度ブチを探してみたいのよ」

「君のメイを強姦したオス猫か」

「ええ。どうしても、見つけたくて」

と、早苗がいう。

「しかし、猫の一件は、今回の殺人事件とは無関係だという結論になったんだよ。君も知っている筈だ」

「そうなんだけど、あのブチがいなくなったのが気になるのよ。叩いたって、蹴《け》飛《と》ばしたって、死にそうもないふてぶてしい野良猫だったのに、どうして急に消えてしまったのか」

「もし見つかったら、どうするんだ？　君の可愛いメス猫をはらませたことに、文句をいうつもりかい？」

「まさか――」

と、早苗は、笑った。

パトカーは東京に引き返し、早苗だけは、途中でおりて、K公園へ向った。

まだ、西陽が降り注いで、風がないので、公園の中はむっとする暑さだった。

小さな池の傍のベンチで、ワイシャツ姿のサラリーマンらしい中年男が寝ているだけで、他に、人の気配はない。

早苗は、ハンカチで汗を拭《ふ》きながら、公園の中を、探して廻った。

すべり台のかげで、猫の鳴き声がするので、覗《のぞ》いてみると、三歳くらいの野良猫が二匹、ぐったりしたように寝そべっているのが見えた。その二匹に、見覚えがあった。

K公園に住みついた野良猫で、ボスのブチに従《つ》いて、のたのた歩いていたのである。

しかし、肝心のブチはいくら探しても見つからなかった。

6

西本が持ち帰ったテープの、少女の顔が一番よくわかるシーンから、写真が作成された。

何枚もコピーされ、刑事がそれを持ち、翌日から聞き込みに廻ることになった。

早苗は、犯人が、テレクラで拾ったのではないかといったが、十津川もその考えに賛成し、刑事たちのテレクラめぐりが始った。

山川が、犯人だとしたら、伊勢佐木町へ行ってから、問題の少女を拾ったとは思えなかった。

東京、特に中央線沿線のテレクラで、拾ったに違いない。

そこで、その地区のテレクラに行き、問題の写真を見せて歩いた。

だが、なかなか、写真の少女は見つからなかった。

テレクラはやたらに数が多かったし、店の人間が、秘密にしたがるからだった。

新聞に少女の写真をのせれば、一番の早道かも知れなかったが、相手は、未成年である。それに、行方ひろみを殺した犯人とも思えない。それを考えると、写真は、発表できなかった。

刑事が増員され、テレクラは、引き続いて、調べられた。

八月五日になって、やっと、期待する結果が出た。

池袋にあるテレクラで、店に登録している女子高生の一人に、似ているというのである。

十津川と亀井が、その店に急行した。

待っていた日下《くさか》刑事が、二人に、顔写真入りの登録カードを見せた。

そこにあった少女の名前は、日高ユキ。

私立のS女子高校の三年で、十七歳である。

こちらの写真は茶髪ではないが、店の経営者によると、最近、染めるようになったという。

「どうやら、学校にも行かないらしく、いつも店へ来ていましたよ。仕事も、遊び感覚で、やっていたようです」

「今日も、来ていますか？」

と、十津川が、きいた。

「それが、ここ四、五日、顔を見ていませんね」

「七月三十一日は、来ていましたね？　そして、昼すぎに電話があって、彼女は、相手の男と話がついて、出かけて行った。そうじゃありませんか？」

「ええ。彼女は、仲間の女子高生に、何でも買ってくれそうなおじさんに会いに行くといって、出かけたそうです。時刻は午後一時すぎだったということです」

「何でも買ってくれそうなおじさんか。その男のことは、何かわからないか？」

と、亀井が、きいた。

「わかりません。何しろ、電話でデイトですから」

「彼女の住所は？」

「わかりません。聞いても、本当のことはいいませんから」

「私立S女子高校というのは、本当なのか？」

「それは、間違いありません。学生証を見ましたから」

と、経営者は、いった。

十津川と亀井は、その足で、巣鴨《すがも》にあるS女子高校に向った。

夏休みで、がらんとしていたが、二人は、職員室にいた当直の教師に、日高ユキのことを聞いてみた。

その教師は、彼女が、テレクラに行っていることは知らなかったといい、住所を教えてくれた。

自宅は、大久保駅近くの酒店だった。十津川と、亀井が、店の主人に会ってきくと、四十二歳の父親は、

「一昨日、警察に、捜索願を出したところです」

と、青い顔でいった。

母親の方は、十津川が警察手帳を見せたとたんに、顔色を変えて、

「あの子に、何かあったんでしょうか？」

と、きいた。

十津川は、両親を落ち着かせてから、

「七月三十一日に、いなくなったんですね？」

と、きいた。

「きっと、いつものことで、ボーイフレンドのところへでも、泊りに行ったんだろうと思っていたんですが、そこにも行ってないことがわかったんで、あわてて捜索願を出したんです」

と、母親が、いった。

「その間、全然、連絡もなしですか？」

「ええ。何の連絡もありません」

と、今度は、父親がいった。

十津川の表情が、暗くなった。ひょっとすると、日高ユキはすでに殺されているかも知れないと、思ったからである。

預金を引き出すためだけに、池袋のテレクラで拾った女子高生。その役目が終り、秘密を守るために、殺してしまったのではないか。

もちろん、両親には、見つかったらすぐ連絡しますよと、安心させるようにいってから、十津川と亀井は、捜査本部に戻った。

この日の午後開かれた捜査会議では、日高ユキを、何としてでも探し出すことが、決められた。

彼女が、行方ひろみ殺しの犯人を、知っている筈だからである。

「山川武志の動きは、どうなんだ？」

と、三上部長がきいた。

清水と交代で山川の監視に当っている三田村が、その結果を報告した。

「山川に、特別な動きは見られません。ポルシェに乗って、郊外のパチンコ店に行き、閉店までパチンコをしたり、飲みに、これはタクシーで、出かけたりしています」

「誰かに会うということはなかったのか？」

「その場合は、相手の写真を撮ろうと、カメラを持って尾行したのですが、その気配はありません。今は、清水刑事が、監視しています」

「誰にも会わずか？」

「今のところは、です」

「飲みに行くのは、どの辺の店だ？」

「六本木のクラブ桂という店がひいきのようで、二回とも、その店に行っています」

と、三田村は、いう。

「そこに、なじみのホステスがいるのかね?」

「ナオミというホステスを、ひいきにしているようです」

「高い店なのかね?」

「かなり高い店です。私みたいな安月給では、めったに行けません」

「すると、山川は、金に不自由していないということか?」

「二回とも、現金で、きちんと払っています」

「経営コンサルタントとしての仕事は、どうなんだ?」

「監視を始めてから、一度も、それらしい仕事はしていません」

と、三田村は、いった。

「やはり、自称だけの経営コンサルタントか」

「そうだと思います」

「優雅なものだね。仕事もしないで、パチンコを楽しみ、六本木で飲み、か」

と、三上は、いった。

このあと、十津川が、北条早苗に猫のことを聞いた。

「今のところ、殺人には関係なさそうだが、念のために、報告したまえ」

「私が預っている子猫たちは、みんな、元気にしています」

「君は、オスの野良猫を、相変らず探しているようだが」

と、十津川が、きいた。

「どうしても気になるので、時間の余裕があると、K公園周辺を探しています」

「見つからないのか？」

「はい。私のメイや、弱い子猫が見つかったのに、なぜ、あの逞《たくま》しかったブチが消えてしまったのか、それが不思議で、仕方がないのです」

と、早苗はいった。

「心配するのはいいが、そのオス猫が、事件に関係がなければ、それに時間をかけるのは止めた方がいいな」

十津川がいうと、早苗は、「わかりました」と肯いた。

捜査本部としては、今は山川のアリバイ崩しと、動機の解明に、全力をつくさなければならないのである。

動機の問題は、結局、山川と被害者の関係が、どんなものだったかということになってくる。

そのために、十津川たちは、改めて、チェリーバンケットの五人の女たちから、話を聞くことにした。

彼女たちは、揃って、いい加減だったが、それだけに、山川と女社長の関係を、冷静に見ているところがあった。

二人が、男と女の関係だったことは、五人とも、同意見だった。

「あのマンションが、うちの会社の事務所でもあるんだけど、まだ明るい中から、二人のすごい声が聞こえてきて、参ったことがあったわ」

と、一人が、苦笑しながら証言した。

「金銭面は、どうだったんだろう？」

と、十津川が、きいた。

「金銭面って？」

「二人の金銭関係だよ。全く無関係だったとは、思えないんだがね」

と、十津川がいうと、モデルあがりの女が、

「社長は、いつだったか、あいつに金をむしり取られるみたいなことがあったわ」

「なぜ、山川に、金を払ってたんだろう?」

「何か、弱みがあったんじゃないかしら? 秘密を握られているとか――」

「社長は、どんな秘密を持ってたんだろう?」

「そこまでは知らないわ」

と、相手はいった。

他の四人も、うすうす被害者が何か秘密を持っているらしいとは気付いていたが、中身は知らないといった。

「猫のことをききたいんだけど」

と、早苗が五人の顔を見て、いった。

「あの子猫は、社長が買ったのかしら?」

「ケチな社長が、買ったりするもんですか」

と、元OLの一人が笑う。

「じゃあ、貰ったの?」

「ええ」

「とすると、誰に貰ったかわかる？　山川武志かしら？」

「そうだと思うわ」

「なぜ、彼だと思うの？」

と、早苗がきくと、その元ＯＬは、

「実は、あたしも山川さんから、子猫をやろうといわれたことがあるからよ」

「シャム猫？」

「あたしの時は、真っ黒なきれいな猫だっていってたわ。黒猫は縁起がよくて、商売繁盛のマスコットなんですって」

「その黒猫を貰ったの？」

「欲しかったけど、うちのマンションじゃ、飼えないから」

と、彼女はいった。

「社長がいつ、シャム猫を貰ったかわかる？」

と、早苗はもう一度、彼女たちの顔を見渡した。

五人は、顔を見合せていたが、モデルあがりが、

「あたしが、七月二十五日に社長のところへ行った時は、子猫の鳴き声がしてたわ」

「二十五日のいつ頃？」

「朝早くよ」

「じゃあ、二十四日に貰ったということなのかしら？」

「二十四日にも鳴いてたわ」

と、他の女が、いった。

五人の意見を慎重に聞いた結果、行方ひろみが、子猫を手に入れたのは、七月二十三日だろうということになった。

二十二日の夜、仕事のことで、ひろみのマンションに二人の女が呼ばれて行ったが、その時、子猫はいなかったといったからである。その夜、二人は、社長のひろみと一緒に、田園調布のタレントの家で開かれた乱痴気騒ぎに呼ばれて行き、朝帰りをしていた。

ひろみがシャムの子猫を貰ったとすれば、七月二十三日で、多分、山川が彼女にやったものだろうという結論になった。

五人の女たちを帰したあとで、亀井が早苗を見て、

「なぜ、まだ、猫に拘《こだ》わるのかね？」

と、きいた。

「どうしても、気になるんです」

「しかし、今度の殺人には、無関係だよ。七月二十三日に、被害者が山川から子猫を貰ったらしいことはわかったが、彼女が殺されたのは、七月三十日の夜だよ。関係がないし、参考にもならないんだ」

「わかっていますが、でも、気になりますわ」

と、早苗はいった。

亀井が更に何かいおうとするのを、十津川は止《と》めて、

「今、捜査は、壁にぶつかってしまっているんだ。山川が、犯人だろうと思うが、決め手がない。だから、無駄とわかっていても、猫のことを調べるのも悪くはない。ひょっとして、突破口になるかも知れないからだ。ただ、ひとりで、やみくもにやるな。西本刑事と、協力してやれ」

と、いった。

「これから山川に、会いに行くわ」

と、早苗が捜査会議のあとで、西本にいった。

「会ってどうするんだ？　彼のアリバイは崩れてないし、私がやりましたと自供するような奴じゃないよ」

「彼は、黒い子猫も持っていたのよ。あなたのいった通り、うちのメイと野良猫の間には、シャムと、黒もいたんだわ。その黒猫をどうしたのかきいてみたいの」

「きいて、どうするんだ？」

「ただ、知りたいだけ」

「わかっても、仕方がないと思うがね」

と、西本はいったが、それでも、パトカーを運転して、一緒に山川のマンションまで行ってくれた。

二人で、山川に会った。山川は、不機嫌に、

「僕は、行方ひろみを殺してはいませんよ。そのことは、わかって貰えたと思ったんですがねえ」

と、早苗に、いった。

「今日は、猫のことを、ききに来たんです」

早苗がいうと、山川は肩をすくめて、

「猫って、何のことです？」

「あなたが飼っていた黒い子猫のことですわ」

「そんなもの、飼っていませんよ。うちのマンションは、動物は飼えないことになっているんでね」

「わかっているんです。あなたは、K公園で子猫を見つけた。四匹か五匹いて、あなたはその中から、女にやれば喜びそうな、シャムと黒を、家に持って帰った。シャムの方は、ニセの血統書を作って、行方ひろみにやってご機嫌をとった。残りの黒猫の方は、チェリーバンケットの、元OLの女にあげようとしたんでしょう？」

「彼女が、証言している」

と、傍から、西本がいった。

山川は、急にニヤッとして、

「わかりましたよ。確かに、あの公園で、可愛い子猫を二匹拾って、その一匹を行方ひろみにやりました。前々から、シャムの子猫を欲しいと、いってましたからね。しかし、なぜ、それが罪になるんですか？」

「もう一匹の黒はどうしたんですか？」

と、早苗がきく。

「どうしようと、僕の勝手の筈だ。何の権利があって、そんな質問をするのかね？」

「私の子猫だからですわ」

「刑事さんの？」

「母親が、私の飼っていたシャム猫なんです。だから、生れた子猫も、私のものです。母親の名前は、メイ。あなたはそれを知らないから、勝手に、ミイコという名前をつけ、さも、純粋なシャムの子猫に見せかけて、行方ひろみにやったんでしょう？　でも、残念ながら、父親は、雑種の野良猫」

「――――」

「黒は、どうしたんですか？」

早苗は、改めて、きいた。

「知りませんよ。いつの間にか、逃げて、いなくなったんだ」

「ここは五階ですわ。あんな子猫が、どうやって、五階の部屋から逃げ出すんですか？」

「さあね。いなくなった子猫の責任まで、取れませんよ。どうしてもというのなら、弁償金でも払います。いったい、いくら欲しいんです？」

山川は、あからさまな敵意を見せて、早苗を睨《にら》んだ。

そのまま、山川が黙ってしまったので、早苗と、西本は、パトカーに戻った。

「山川の態度は、何か変だわ」

と、早苗がいった。

「無理もないよ。捨て猫を拾ったと思っていたら、君にいろいろいわれたんで、多分、頭に来たんだろう」

「それだけじゃないような、気がするわ。シャムのことは、平気でいたのに、黒のことをきいたら狼狽《ろうばい》したわ。本来なら、反対の筈よ。シャムの方は、殺された行方ひろみにやったんだから」

「その黒い子猫がさ、あんまりぴいぴい鳴くんで、殺しちゃったんじゃないのか？　だから、気が咎《とが》めて、あんな態度を取ったのかも知れんよ」

と、西本がいう。

「そうかしら？」

と、早苗が首をかしげた時、西本の携帯電話が鳴った。

彼が、耳に当てる。

「私だ」

という、十津川の声がして、

「すぐ、葉山に、急行してくれ。雑木林の中で日高ユキと思われる少女の死体が、発見された」

「行こう」

と、西本が、いった。

赤ランプをつけて、パトカーが、走り出した。

三浦半島に着き、葉山に近づくと、神奈川県警のパトカーがいて、向うの刑事が、現場に案内してくれた。

近くの河原では、学生たちが、キャンプしていた。が、現場の雑木林の方は、人の気配がなく、うす暗い。

奥で、県警の鑑識が、現場写真を撮っていた。

日高ユキは、仰向けにされている。首が折れていた。すでに、腐臭が、ただよっていた。

早苗が、県警の刑事に、発見された時の様子をきいている。

「ちょっと、こっちへ来てくれ」

と、西本が、呼んだ。

早苗が、傍へ寄って、

「何なの？」

「向うに、もう一つ、死体が転がっている」

「もう一つ？」

「ただし、猫だ」

と、西本は、いった。

雑草の中に、黒い子猫が、身体を丸めるようにして、死んでいるのだ。こちらも、すでに腐敗が、始っていた。

「生後、四ケ月くらいだ。多分、飢え死にだろう。君の黒じゃないか？」

と、西本が、いう。

「かも知れないわ。いえ、私の子猫だわ」

と、早苗は、いった。

「どうして、ここに死んでるんだろう？」

「きっと、山川が、あの少女を手なずけるのに、黒の子猫を使ったのよ。テレクラで呼び出し、金と、子猫でつって、被害者の預金を、伊勢佐木町のM銀行支店で、下すのを手伝わせたんだと思うわ。どうせ、そのあとで、殺すつもりでね」

「横浜から、葉山まで連れて行って、人気のないここで、殺したということなんだろうね」

「その間、被害者は、山川に貰った黒の子猫と遊んでいたのかも知れない。今、うちにいる雑種の子猫だって、あんなに可愛いんだから、黒一色の子猫は、もっと、可愛かったと思うわ。その上、お金も貰えるんだから、日高ユキが、ここまで、唯々《いい》諾々《だくだく》と従《つ》いて来たというのも、わかる気がする」

と、早苗は、いった。

「ここで、一緒に死んでいたのは、どう解釈するんだ？」

と、西本が、子猫の死骸《しがい》に眼をやりながらきいた。早苗は、同じように眼を向けてから、

「ここに着いた時は、暗くなっていたと思うわ。明るいうちから、人は殺さないから。ここに来て、山川は豹変《ひょうへん》して、ユキの首を締めた。抱いていた子猫は、放り出されて、逃げ出した。山川にしてみれば、猫も始末して、穴にでも埋めてしまいたかったと思うわ。それが、暗闇の中に逃げてしまって、見つからなかった。仕方なしに、東京に引き返したか、大磯へ行って、行方ひろみ殺しのアリバイ工作をしたかの、どちらかだと思うわ。子猫の方は、何とか生きようとしたと思うけど、飢え死にしてしまった。そんなことだろうと、考えるんだけど、あなたの意見は？」

「だいたい同感だが、問題は、山川の犯行を、証明できるかどうかだろうね。あの少女を使ったのが、山川だと証明できるのか？　黒い子猫を使って、少女を手なずけて、預金を下させ、その揚句《あげく》に、口封じに殺したとしても、それを証明で

きるのか？　今のところ、全て、推理でしかないからね」

と、西本は、いった。

「それは、わかってるわ。どんな事件だって、最初は、推理で始って、私たち刑事は、何とかして、それを証明するものだから」

「出来ると思うのか？　何しろ、相手は猫だからね。これが、人間なら何か手紙とか残してくれていて、それが、証拠になるんだが」

西本は、あまり期待は持てないといった、口ぶりだった。

「出来ると信じてるわ。ここに死んでるのは、私の子猫ですもの」

早苗は、そんな、いい方をした。

証拠はない。が、早苗には、確信があった。

早苗は、県警の鑑識に頼んで、ユキの衣服に、黒猫の毛が附着していないかどうか、調べて貰うことにした。

県警は、最初、ユキの死体と子猫の死骸を、別に考えていたらしい。というより、猫の方には、全く配慮していなかったといってもよかった。

早苗の頼みで、調べることにし、子猫の死骸も、運んで行った。

早苗と西本は、いったん東京に戻り、十津川に報告した。

「県警では、聞き込みもやってくれるそうです。山川が犯人だとすれば、日高ユキをポルシェに乗せて、伊勢佐木町のM銀行に行き、葉山へ行っているわけですから、目撃者がいると思われる。その目撃者を見つけると、いっています」

と、早苗は、いった。

「四十歳の中年男と、十代の少女のカップルは、目立つだろうからね。期待は、持てるね」

と、十津川もいった。

「その少女が、黒い子猫を抱いていたとすれば、覚えている人は多いと思います」

と、西本も、いった。

翌日、神奈川県警から電話があった。

日高ユキの衣服に、黒猫の毛が、何本か附着していたという。早苗は、確信が強まったのを感じた。

ただ、目撃者探しの方は、なかなか進展しないということだった。

山川が犯人とすれば、用心深く、ユキや黒猫を目撃されることを、避けていたのだろう。

「これで、日高ユキが、黒い子猫と一緒にいたことだけは、確認されましたわ」

と、早苗は、十津川にいった。

「その子猫を、山川が持っていたことが確かめられれば、日高ユキ殺しについては、捜査が大きく進展するわけだが」

「山川は、元ＯＬのコンパニオンに、黒い子猫をやろうといっています。これは、同じ子猫だと思いますわ」

「思いますでは、困るんだよ。推測で、逮捕は出来ないからね」

と、十津川は、いった。

「山川のマンションを、家宅捜索は、出来ませんか?」

早苗は、真剣な表情でいった。

「どうするんだ?」

「もし、彼の部屋から黒い子猫の毛が発見されれば、その毛と、ユキの衣服に附着した毛、それに子猫の死骸の毛と比べることが出来ます」

と、早苗はいった。

十津川は、考えてから、

「無理だね。容疑があるからといって、家宅捜索は出来ないよ。まず、令状は出ないと思っていいだろう」

と、いった。

早苗も、そうだろうと思った。今の山川は、事件の参考人ではあっても、容疑者ではないのだ。

7

早苗は、ひとりで、葉山へ行って来ようと思った。死んだ黒い子猫が、メイと、野良猫との間に生れたと信じているので、手厚く、葬ってやろうと思ったからである。

西本に話すと、彼は、肯いてから、

「君は、山川のマンションを家宅捜索したいんだろう?」

と、きいた。

「ええ。でも、警部には無理だといわれたわ。当り前だけど」

「要するに、黒い子猫の毛を見つけたいんだろう?」

「ええ」

「そのことで一つ、案があるんだがね」

と、西本は、ニヤッとした。

「何をするの? 山川が留守の時を狙って、彼のマンションに忍び込む? 見つかったら、それで全て終りだわ」

「君は、余分な金を持ってるか?」

「いくらぐらい?」

「そうだな。二十万くらい必要かも知れない」

「そのくらいなら、貯金があるけど」

「足りなければ、僕が出す」

と、西本は、いった。

「何をするか、教えてほしいわ」

と、早苗が、いった。

「パトカーはまずいから、僕の中古車を使おう。それを、山川のポルシェに、ぶつける」

と、西本は、いった。

「ぶつける？」

「接触事故だよ。事故が起きれば、当然、双方の車の損害の程度を調べることになる。車内もね。君は、山川のマンションで、黒猫の毛が見つかるよりも、ポルシェの車内で見つかる方が嬉しいんだろう？　ポルシェに、日高ユキと黒猫がいたことが、証明されるんだから」

「やりましょう」

と、早苗は、すぐ応じた。

「しかし、危険な賭《か》けだよ。見つからなければ、当然、山川は、こちらを告訴するだろうからね。まあ、何とか、損害を弁償するだけで、すましてしまうようにするつもりだがね」

と、西本は、いった。

二人は、万一を考えて、休暇をとった。

非番の日の事故にしたかったのだ。

早苗は、ハンディタイプの掃除機を用意し、西本の中古のソアラに乗り込んだ。

山川のマンションの近くに駐《と》め、彼が、車で外出するのを待った。

根気よく、待つ。

夕方になって、やっと、山川がポルシェに乗って、外出した。

西本が運転して、尾行に移る。

ぶつけるのなら、賑《にぎ》やかなところで、出来れば、警察の傍がいいと思った。その方が、事故が公けになって、車内を調べる理由がつくと思ったからである。

新宿署の近くに来たところで、西本は、アクセルをふかし、ポルシェの前に割り込んだところで、急ブレーキを踏んだ。

案の定、山川のポルシェが、鈍い音を立てて、ソアラの後に、ぶつかった。

西本は、車から降りて、歩いて行き、サングラス越しに山川を睨んで、いった。

「ぶつけやがったな！　どうしてくれるんだ？」

「君が、急ブレーキを踏んだのが悪いんだ。損害を弁償して貰う」

と、山川が、いった。

「それなら、一緒に警察へ行って、どっちが悪いか、聞いて貰おうじゃないか！」

西本は、山川を、車から引きずり出した。

山川は、警察と聞いて、急に狼狽の色になって、

「弁償は、諦める。急いでいるので、あとで話し合うことにしよう」

「逃がさないぞ」

と、西本は、山川の腕をつかみ、

「すぐそこが、新宿署だ。一緒に来い！」

野次馬が、集って来た。山川は、青い顔になった。

「ひょっとして、お前は、刑事――？」

「とにかく、来い！」

と、西本は、山川の身体を羽交《はが》い締めにして、新宿署の方へ引っ張って行った。

その間に、早苗がソアラから降りて、ポルシェに、近づいて行った。手に、小型の掃除機を持っている。

山川は、急に暴れ出して、西本を、振りほどこうとする。西本は、必死で、相手を押さえつけた。

誰かが、それを見て一一〇番し、パトカーが駈けつけてきた。

その間に、早苗は、ポルシェの運転席、助手席、それにトランクと、掃除機をかけまくった。

終って、彼女がポルシェから離れる。それを見定めて、西本はやっと、山川の腕を放した。

山川が、ほっとした顔になって、

「事故のことは、あとで話したい。それでいい」

「損害は、ちゃんと計算して、請求してくれよ。逃げはしないからな」

と、西本は、いった。

8

早苗は、掃除機を持って、その場から葉山へ向った。

神奈川県警で、調べて貰うためだった。

西本は、ひとりで自分のソアラを運転し、捜査本部に出頭した。

事故のことは、すでに、十津川の耳に入っていた。

「パトカーから、報告が入っている。君が、事故を起こしたとね。どういうことなのか、説明したまえ」

と、十津川は、厳しい口調でいった。

傍から、亀井が、

「そのパトカーからの報告によると、ぶつかった相手はポルシェで、ナンバーから、山川武志所有の車だとわかった。彼の車に、わざとぶつけたのか？」

と、いった。

「いえ。それは、偶然です。追突された車がたまたま、山川の車だったということです」

「間違いないだろうね？　山川が殺人事件の容疑者で、犯行を証明できないので、癪《しゃく》に障ってぶつけたというのなら、許されないぞ」

と、十津川は、いった。

「そんなことは、ありません。ですから、事故のことをはっきりと調べて貰おうと思い、山川と一緒に近くの新宿署に行こうとしたのですが、山川の方が、どうしても行きたくないというので、あとで、示談にすることにしたのです。山川の方から、何か、抗議がありましたか?」

と、西本は、きいた。

「今のところ、何もない」

「それなら、向うが悪いのです」

「もう一つ聞きたいんだが、パトカーからの報告では、君の車には、若い女が乗っていたそうじゃないか。北条刑事だったんじゃないのか?」

と、亀井が、きく。

「その通りです」

「なぜ、彼女が一緒だったんだ?」

「一緒に、新宿に、夕食をとりに行くところでした」

「信じられないな。君たちは、一緒に休暇をとり、山川の車にぶつけた。いったい、何を企んでいるんだ?」

と、亀井が、きいた。

十津川は、苦笑して、

「カメさん。いいじゃないか。山川が抗議してきたら、考えよう」

「彼等が、何か企んで、捜査をまずい方向に導いたら困りますから」

と、亀井は、いった。

「そんなことはやりません」

と、西本は、いった。十津川は、その顔をまっすぐに見た。

「私は信じているが、北条刑事は、どうしているんだ？　君と一緒の筈じゃなかったのか？」

「彼女は、急用があるというので、新宿で別れました」

「行先は、知らないのか？」

「プライベートなことだというので、きいていません」

西本は、頑固に、いった。

9

翌日の夜、十一時近くになって、早苗が捜査本部に帰って来た。

彼女は、まっすぐに十津川の机に進んで行き、抱えてきた写真を、その上にどさりとのせた。

「何だね？」

と、十津川が、きく。

早苗は、緊張した顔で、

「一番目の写真は、山川のポルシェの車内から見つかった二本の猫の毛です。黒猫の毛で、昨日、神奈川県警に持って行きました。向うで殺された日高ユキの衣服に、黒猫の毛が附着していたのが発見されているので、それと、比べてみたいと思ったのです。二枚目の写真は、その黒猫の毛です。最後の三枚目の写真は、葉山で死んでいた黒猫の毛です。この三つの毛を比較した結果、同一のものだという結論が出ました」

「つまり、山川が、日高ユキを殺した可能性が、大きくなったということか？」

十津川は、三枚の写真を見比べながら、早苗に確認した。

早苗は肯いて、

「可能性が大きくなったというよりも、私は、山川が、少女を利用した揚句に殺したと、思っています」

「カメさんは、どう思うね？」

と、十津川は、亀井の意見をきいた。

「とにかく、山川を連れて来て、訊問しましょう。任意同行です。拒否したら、令状をとって、逮捕したらいいと思います」

と、亀井は、いった。

西本が、それを聞いて、

「それだけ証拠が見つかったんですから、すぐ、逮捕状をとっていいんじゃありませんか？」

と、十津川を見る。

「今回の事件は、神奈川県警と合同捜査になっているが、日高ユキ殺しについては、県警の所管だ。だから、一応、山川から事情を聞いて、その結果を県警と相談したいと思っているんだよ」

と、十津川は、いった。

その結果、山川には、任意同行で捜査本部に来て貰ったが、その前に、神奈川県警の三浦警部にも来て貰い、同席して、山川から事情聴取ということにした。

山川に、三枚の写真を見せて質問すると、流石《さすが》に狼狽の色を見せたが、

「日高ユキなんて女子高生、知りませんよ。殺したなんて、ぬれ衣もいいところだ」

と、開き直った。

「それでは、この黒猫の毛のことは、どう説明します？　あなたのポルシェに、黒い子猫が乗っていたことは間違いないんだ。その猫の毛をつけた衣服を着た少女が、葉山で、殺されているんですよ」

と、十津川は、いった。

「同じ猫の毛だということは、証明ずみなんだよ」

と、傍から、三浦警部が、いった。

「確かに、僕は公園で、可愛い子猫を拾いましたよ。シャムと黒の二匹をね」

　と、山川は、いった。

「シャムの方は、ニセの血統書を作って、行方ひろみに、やったんですね？」

「そうです。彼女、子猫を欲しがっていましたからね。あの血統書は、遊びです。別に、罪にはならんでしょう？　金を取ってないんだから」

　と、山川は、いう。

「黒猫の方は、どうしたんですか？」

　と、十津川が、きく。

「コンパニオンのミドリにやろうといったら、要らないといわれましてね」

「元ＯＬの娘《こ》ですね？」

「そうです」

「それで？」

　と、三浦が、先を促した。

「拒《こと》わられたんで困りましたよ。僕のマンションでは、飼ってはいけないことになっていますからね。それで、可哀そうとは思ったけど、車に乗せて、捨てに行ったんです。毛は、その時に附着したんだと思います」

「何処に捨てに行ったんですか？」

と、十津川は、きいた。

「くわしくは覚えていませんが、三浦半島だったことは、間違いありませんよ」

「何月何日の何時頃ですか？」

「確か、三十一日の夜でしたよ。昼間は、気が咎《とが》めて、捨てにくいですからね」

と、山川は、いう。

「その日の夜、葉山の雑木林の中で、正確にいえば、三十一日の午後九時から十時の間に、日高ユキは、首の骨を折られて、殺されていたんだ」

と、三浦が、いった。

山川は、大げさに、肩をすくめて、

「僕とは、関係ない。黒猫を捨てたのも、葉山よりずっと、横浜に近かったと思いますよ。あの猫は、そこから歩いて行って、死んだんじゃありませんか」

と、いってから、十津川に向って、

「何度もいいますが、僕は、日高ユキなんて少女は、知りませんよ。今日だって、行方ひろみの件で、呼ばれたんだと思っていたんです。彼女の事件は、どうなったんです？ しっかり捜査して下さいよ」

「捜査していますよ」

「それで、犯人はわかったんですか？」

「間もなく、逮捕できると思っています」

と、十津川は、いった。

「楽しみにしていますよ」

「どうして、K公園に捨てなかったんですか？」

と、十津川が、きいた。

「何のことです？」

「黒い子猫のことです。あなたは、シャムの子猫と一緒に、K公園で拾ったんでしょう？」

「そうですが？」

「それなら、なぜ、元のところに戻しておかなかったんですか？ そこには、他の子猫もいたんじゃないいんですか？」

と、十津川は、いった。

「よく覚えていませんが、僕のマンションは、公園の傍ですからね。捨てても、戻って来たら困ると思って、遠くに、捨てに行ったんです」

「あんな子猫なのに、そんな心配をしたんですか？」

「僕は、事実をいってるんです。第一、何処へ子猫を捨てようが、僕の勝手でしょう？」

山川は、声を荒らげて、いった。

「腕は、どうされたんですか？」

急に、十津川が、話題を変えた。

「え？」

「左腕ですよ。前にお会いした時も、左腕に包帯をまいていたでしょう？　今も、同じところに包帯をまいているので、どうしたのかなと思って」

「包帯なんか、まいていませんよ」

と、山川はいい、夏の背広の左腕を、振って見せた。

「いや、包帯をしているので、背広の左腕の一部が盛りあがっていますよ」

十津川は、いきなり山川の左腕をつかんで、袖をまくりあげた。白い包帯の一部がはっきり見えた。

山川は、腕を振りほどいて、

「例の子猫に、引っかかれたんですよ。だから、捨てる気になったんです」

と、いった。

10

「嘘ですわ」

と、早苗が、十津川にいった。

「どう嘘なんだ？」

「あんな子猫に引っかかれたって、包帯をまくほどの大きな傷にはなりませんから」

「それなら、なぜ、山川は嘘をついたんだろう？」

「わかりませんが――」

「理由もなしに、嘘をつくとも、思えないが——」

と、十津川はしばらく考えていたが、亀井に、

「行方ひろみの死体に、外傷はなかったかな？」

「解剖報告書を見てみます」

と、亀井はいい、大学病院からの報告書を取り出して見ていたが、

「右腕に、引っかき傷があり、包帯がまかれていたとあります。ただし、死因はあくまでも首を締められたための窒息で、腕の傷は、関係ないと書かれています」

「それも、猫に引っかかれたということか？」

「しかし、北条刑事のいうように、シャムの子猫では、引っかかれても包帯をまくほどの傷にはならんでしょう」

と、亀井が、いう。

「そうだろうな。行方ひろみのマンションには、子猫しかいないから、彼女の傷も、山川の傷も、あのマンションでついたものじゃない」

「同感です」

「山川は、十八時間、留置しておける。その間に、彼のマンションを、家宅捜索したいと思っている」

「何か出て来ますか？」

「中野の行方ひろみのマンションと、武蔵境の山川のマンションとは、かなりの距離がある」

「そうです」

「山川は、アリバイを主張する時、自宅マンションで、テレビを見ていたとか、寝ていたとか、主張してもよかった筈だよ。普通は、そうするだろう？　それなのに、大磯で、夜空を見上げてたなんて、嘘だとすぐ察しがつくようなアリバイを主張した。なぜなのか、不思議だったんだよ」

「嘘でも、崩しにくい嘘だからじゃありませんか？」

「私もそう思っていたんだが、傷のことがあって、少し考えが違ってきた。アリバイに、自宅マンションを使えない理由があったんじゃないかとね」

「それで、家宅捜索ですか？」

「そうだ」

と、十津川は、肯いた。

十津川は、急遽令状《きゅうきょ》をとり、北条早苗も連れて、山川のマンションに向った。

「何を探すんですか？」

と、パトカーの中で、早苗が、きく。

「殺された行方ひろみの腕の傷は、真新しかったということだ。だが、彼女の部屋には、傷の原因になるようなものはない。だから、彼女は別の場所で殺され、犯人によって、自宅マンションに運ばれたのではないかと考えたんだよ」

「別の場所というのは、山川のマンションですか？」

「他に考えようがない。だから、山川は、自分の部屋でテレビを見ていたとか、寝ていたとかいうアリバイを、使えなかったのではないかとね」

「ということは、山川の部屋に腕の傷が出来るものがある筈だ。それを見つけるということですか？」

「君は、察しがいい」

と、十津川は、笑った。

山川の2DKのマンションは、独身男の部屋らしく、調度品が少く、がらんとしている。調べるには時間はかからないだろう。

「黒い子猫もいたんだ」

と、十津川は、いった。

「でも、子猫の爪では、あんな傷はつきませんわ」

と、早苗が、いった。

二人は、必死に探し廻った。

2DKの部屋は、たちまち、調べつくした。が、何も出ない。

十津川は、早苗と、ベランダに出た。

端に、組立式の物置が置いてあるが、中には、こわれた掃除機とガスストーブが、放り込んであるだけだった。物置の下のすき間にも、何もない。

「見つかりませんわ」

早苗が、気落ちした顔でいう。その時、十津川の背後で、人声がした。ふり向くと、隣りのベランダで、子供二人が何か騒いでいるのだ。

同じようにベランダに物置があり、子供たちは、その下をのぞき込んでいるのだ。

「どうしたの？」

と、十津川が声をかけると、男の子が、

「猫が、この下で、死んでるみたいなんだよ」

と、いう。

「すごい臭い！」

妹らしい方が、顔をゆがめて見せる。

「どんな猫？」

と、早苗がきいた。

「大きな猫。ブチみたいだ」

男の子が、口をとがらせるようにしていった。

「君のところの猫？」

「うちには、猫はいないよ。そっちから逃げてきたんだ」

「こちらから？」

「いつだったか、そっちですごい声で鳴いてたもの」

と、男の子はいう。

十津川の顔が緊張し、亀井もベランダに出てきた。

「何月何日か、覚えていないかな？」

と、十津川は、兄妹に、きいた。

「夏休みになってから」

と、妹がいい、兄の方は、ちょっと考えてから、

「七月三十日の夜だったよ」

「間違いないね」

「うん」

「猫を出しましょう」

と、早苗が、いった。

五人は、隣りに行き、奥さんに警察手帳を見せて事情を話してから、ベランダに出て物置を動かした。

物置の下から、大きな猫の死骸が出てきた。茶と白のぶちになっているオス猫だった。

「あのブチだわ」

と、早苗が、いった。

「子猫たちの父親か？」

と、亀井が、きく。

「そうです。こんなところで、死んでいたんですね」

腐臭が、鼻をついた。

大きな身体を、丸めるようにして、死んでいる。明らかに、頭部を、鈍器で殴られた形跡がある。

「司法解剖に廻して下さい。特に、爪を調べて貰いたいんです」

と、早苗は、いった。

「この猫が、行方ひろみと、山川武志の二人の腕を引っかいたということか？」

と、十津川が、きく。

「それも、七月三十日の夜にですね。ここの人は、隣室の山川の部屋で、この夜猫が悲鳴をあげ、暴れていたといっています」

「わかった。調べよう」

と、十津川は、いった。

猫の死骸は、早苗の希望通り、解剖に廻された。

結果は、その日に、十津川たちに知らされた。

猫の頭部、腹部には、五ケ所の傷があり、それは、鈍器、多分、ジュラルミン製のバットか、ゴルフのクラブで、殴ったものだろうということだった。

死亡推定時刻は、七月三十日の午後十一時から十二時ということだった。

行方ひろみの死亡推定時刻より、遅いのは、この猫が、隣室の物置の下まで、逃げ込み、そのあとで、死亡したからだろう。

猫の四肢、特に前肢の爪から、予想した通り、人間の血痕が、検出された。

血液型は、Bと、ABの二種類である。

ちなみに、行方ひろみは、B型であり、山川武志は、AB型だった。

七月三十日の夜、山川の部屋で、野良猫のオス「ブチ」が山川と行方ひろみに飛びかかって、引っかき、山川が怒って、殴りつけ、殺されたことは間違いなかった。

なぜ、山川の部屋に、ブチがいたのか？

「私は、ロマンチックに考えたいと思います」

と、早苗が、いった。

「どんな風にだね？」

と十津川が、きく。

「オス猫は、自分の子猫たちに冷淡で、生れても見向きもしないといわれますが、ブチは違っていたんだと思います。山川は、公園で、カッコのいいシャムと、黒の二匹だけを、女を手なずけるのに使おうと思って、拾って行きました。ブチは、必死になって、探していたんだと思うんです。山川の部屋では、シャムが、行方ひろみに貰われてからも、黒はいて、鳴いていたし、体臭があったのでブチは、見つけ出して、山川の部屋に入り込んだんだと思います。丁度その時、ひろみが来ていた。ブチは、二人から自分の子を取り戻そうとして、飛びかかっていった。山川には、殴られて死んだわけですけど、勇敢な父親だったと思いますわ」

と、早苗は、いった。

彼女の考えが、当っているかどうかはわからないが、その直後に、行方ひろみが殺されたことは、間違いない。

彼女の死亡推定時刻から考えて、中野の自分のマンションに帰ってから殺されたとは、考えられない。

山川の部屋で、彼に殺され、山川は、その事実を知られるのを恐れ、死体を中野まで運び、ネグリジェに着せかえ、いかにも酒を楽しんでいたように見せかけたのだ。

これは、間違いない。

行方ひろみ殺害についての逮捕状がとられ、翌日の訊問中に、山川は、逮捕された。

十津川が、ブチの死骸が見つかったこと、爪から、彼の血痕が検出されたことを話すと、観念したように、行方ひろみと、日高ユキを殺したことを、自供した。

行方ひろみを殺した動機は、簡単なものだった。

「あの夜、ひろみが、遊びに来ていたんです。二人で、楽しく、飲んでましたよ。そこへ、突然、あのオス猫がベランダから、飛び込んできて、襲いかかってきたんです。最初に、ひろみの腕を引っかき、続いて、僕にも、飛びかかってきました。僕は、ゴルフのドライバーで、殴りつけました。何度もね。野良猫は、悲鳴をあげて、ベランダから逃げて行きましたよ。ひろみとの間にケンカが始ったのは、その直後からです。女って奴は、何かのきっかけから、昔のことを思い出して、ヒステリックになることがあるでしょう。あの時が、それだったんですよ。包帯をしたあとでも、彼女は痛い痛いといっていたんですが、なぜか、二年前に、僕とケンカしたことを思い出し、更に、僕が、他の女と仲良くしたことを思い出して、際限がなくなって、大ゲンカになってしまったんです。それに、僕は、そろそろ彼女にあきていましたからね。あんまり、彼女が口汚くののしるものだから、かっとして、首を締めてしまったんです」

「そのあとで、彼女の死体を、彼女のマンションに運んだんだな？」

と、十津川が、確認するように、いった。

山川は、笑って、

「まさか、僕のマンションに、放っておけないでしょう？」

「日高ユキを使って、行方ひろみの預金を引き出したのも君だな？」

「ひろみは、頭が悪いんだ。僕の知恵で、金を儲けたのに、自分で儲けた気でいる。彼女の金は、いわば僕の金だ」

と、山川は、いった。

この結果、神奈川県警も、日高ユキ殺しについて、山川への逮捕状を請求した。

事件は、解決した。

今、北条早苗のところには、メス猫のメイと、三匹の子猫がいる。シャムに見える子猫は、多分、新しい飼い主が見つかるだろうが、他の二匹は、見つかるまい。

早苗は、自分で、このブチの二匹を育てる気でいる。

「何しろ、メイと、勇敢なブチの子供なんだから、私には、育てる義務があると思うの」

と、早苗は、西本にいった。

「僕も、一匹、貰おうかな」

と、西本は、いった。

彼は、ブチの子猫を見ている中に、可愛くなってきたのだ。

ただ、勇敢な父親の野良猫という早苗の考えには、疑問を感じていた。

早苗は、ロマンチックに、ブチがわが子を探して、取り戻そうと、山川の部屋に飛び込んで行ったと考えているようだが、ブチは飢えていて、山川の部屋から、丁度、食べ物の匂いがしたので、ベランダから忍び込んだのではないのか？

西本は、そんな風に考えたのだが、もちろん、早苗には何もいっていない。ロマンチックな話は、嫌いではなかったからだ。

死体の値段

1

君子《きみこ》は、シャワーを浴びながら、

「パパ」

と、居間にいる大山卓造《おおやまたくぞう》に、呼びかけた。

「ねえ、このマンションの名義のことなんだけど——」

返事はない。

いつも、都合が悪くなると、急に、耳が遠くなってしまうのだ。

「くそじじい」

と、君子は、口の中で呟《つぶや》いた。

大山は、貧相な七十もの老人である。どこにでもいる老人の一人である。ただ、他の老人と違うところといえば、大山の個人資産が数十億円はあるということだった。

クラブ「ベラミ」で働くホステスの君子にとっては、それが何よりも大事なことだった。

だからこそ、二十九歳の身体を、抱かせてやっているのだ。

２ＬＤＫのマンションを貰《もら》い、月三十万円の手当てを貰い、月に三回は、店に同伴してくれる。

だが、マンションの名義は、よく調べてみると、大山になっていた。早く、名義を、自分に変えて欲しいと頼んでいるのだが、大山は、いっこうに、手続きをとってくれない。

君子は、時価約三千万円といわれるマンションを手に入れるだけで、満足する気はなかった。

大山には、息子夫婦があるが、彼自身は、目下独身である。結婚して、彼が死ねば、少くとも、二、三億円の遺産は自分のものになると、計算しているのだが、大山は、両方とも、なかなか、うんといわないのである。

老い先短いのに、ケチケチしても仕方がないだろうと、君子は、思う。どうせ、何もかも、息子夫婦に取られてしまうだけではないか。

その息子夫婦が、自分を大事にしてくれないと、店に来ては、君子に、グチをいうくせに、いざとなると、マンションの名義は、頑として、書きかえようとしないのである。

月三十万の手当て以外に、これという物も、買ってくれない。それでも、じっと我慢しているのは、いつかは、大山の財産をという希望があったからだった。

「ねえ、聞いてるの？　パパ」

君子は、シャワーを止めて、もう一度、呼びかけた。

返事は、なく、テレビの音が聞こえてくる。

深夜映画を見ているらしい。やはり、年齢《とし》のせいだろうか。昔の時代物映画が好きな老人だった。

君子は、濡《ぬ》れた身体をタオルで包んで、バスルームを出た。

テレビは、案の定、古めかしい時代物の映画をやっている。大山の好きな月形《つきがた》龍之介《りゅうのすけ》が出ている。いつの間にか、故人になったその俳優の名前を、君子は、覚えてしまった。

大山は、ソファに身体を埋めるようにして、テレビと向い合っている。

「パパ、このマンションのことだけど——」

君子は、三面鏡に向って腰を下し、口紅を引きながら、鏡の中の大山を見た。

だが、相変らず、大山は、押し黙っている。

君子は、だんだん、腹が立ってきて、立ちあがると、大山の前に廻って、

「ねえ。聞いてよ」

と、きつい声でいった。

大山は、眼を閉じている。君子は、拍子抜《ひょうしぬ》けしてしまって、

「なんだ。眠ってるの」

笑いながら、軽く、大山の肩のあたりを叩《たた》いた。

とたんに、大山の小さな身体が、ずるずるとソファからずり落ちて行った。

2

大山の身体は、じゅうたんの上に、横たわったまま、動かなかった。

ガウンがはだけて、やせた二本の足が、むき出しになっている。

君子は、顔色を変えて、「パパ！」と、甲高《かんだか》い声で叫んだ。

眠っているのなら、いびきが聞こえてくる筈《はず》なのに、何も聞こえてこない。

(死んでいる)

と、君子は身ぶるいした。

君子は、十九歳の時、一年間だけ、総合病院で、準看だった経験がある。その時、何人か、死人を見た。

今、じゅうたんの上に横たわっている大山は、それと同じだった。

身体が、かたく、硬直している。息が、全く聞こえて来ない。顔も、白っぽくなっている。

テレビは、もう終ってしまって、じい、じい音を立てていた。

君子は、それに気がつかない。

受話器を取って、一一〇番しようとして、途中で、やめてしまった。

警察に、あれこれきかれるのがいやだ、と思ったからではない。少しずつ落着いてくるにつれて、このまま、警察に知らせたのでは、今まで、この老人と一緒に過ごしたことが、何にもならなくなると考えたからだった。

このマンションも、老人の名義だから、息子夫婦のものになってしまう。莫大《ばくだい》な遺産だって、君子には、一円だって、来ないだろう。

(どうしたら、いいだろう?)

君子は、老人の死体を見下しながら考えた。

この死体が見つかったら、それで、終りだ。息子夫婦が、死体を引き取り、君子は、このマンションから、追い出されることになる。

店での毎月の収入は、三十万はあるから、食べるのには困らないし、マンションだって、借りればすむ。

だが、もう、君子は、二十九歳だった。それに、さして、美人でもない。早く、大金を手に入れて、自分の店を持ちたい。

それを考えると、大山は、絶好のカモだったのだ。こんなカモが、また、見つかるとも思えなかった。

（どうしたらいいだろう？）

と、君子は、もう一度、口の中で呟いた。

これから、すぐ、大山との結婚届を出して、法律的に、結婚した直後に、死んだことにしようか？

そんな外国の映画があったような気もした。

しかし、老人が、君子を囲いながら、結婚をしぶっていたことは、みんなが知っている。君子自身が、仲間のホステスに、いつも、話していたからだ。それが突然、結婚すれば、みんなが、怪しむだろうし、肝心の大山が、姿を見せなければ、これも、怪しまれるだろう。

君子は、必死で考えた。

何とかして、数十億円といわれる大山の資産を手に入れたい。それが駄目なら、このマンションでも。

一時間近く考えてから、君子は、急に、怖い顔になって、押入れから、ロープを取り出した。

老人の身体をガウンごと、それで、ぐるぐる巻きにした。

時計は、午前二時を過ぎている。

五階建のマンションは、ひっそりと、静まりかえっている。

君子は、着がえをしてから、ぐるぐる巻きにした死体を、入口まで引きずって行った。

そっと、ドアを開けて、廊下の様子をうかがった。

人の気配は、全くない。君子の部屋は、一番端なので、エレベーターは、すぐ傍《そば》である。

人のいないのを確かめてから、死体を、エレベーターの前まで引きずって行き、エレベーターにのせた。腋《わき》の下に、汗が吹き出し、それが、冷たくなってくる。

一階のボタンを押した。

管理人は、もう、眠ってしまっているだろう。

一階に着き、扉が開いたが、すぐには、飛び出さなかった。

駐車場は、マンションの横にある。車を持っている住人が、時々、二時、三時に、帰って来ることがある。それに見つかっては、何もかも、終りなのだ。
五、六分、周囲の気配をうかがってから、君子は、駐車場にある自分の車まで、死体を引きずって行った。
小柄な老人なのに、死体になると、やたらに重かった。

自分のカローラのところまで引きずって、君子は、荒い息を吐いた。

トランクを開け、ロープで縛った死体を、押し込んだ。

それから、運転席に身体を入れた。この車だって、最初は、買ってやるといったくせに、出してくれたのは、頭金だけである。そのくせ、大山は、何かというと、車を買ってやったと、恩着せがましくいっていたのだ。

君子は、気持を落着かせるために、煙草《たばこ》をくわえて、火をつけた。それから、ゆっくり、車を動かした。

3

甲州街道を、西に飛ばした。

京王多摩川の近くで、橋をわたり、神奈川県側にわたり、車ごと、河原におりた。

車の外に出ると、秋風が冷たかった。夏なら、夜釣りの人を、時たま見かけるところが、この寒さでは、人の姿はなかった。

死体には、重石《おもし》をつけて、深い場所に、沈めた。

月明りの中で、大山の死体は、ゆっくり沈んでいった。そのまま、しばらく眺めていたが、浮かび上がってくる様子はない。

二、三日、沈んでくれていればいいのである。その後、死体が浮かんでしまっても、差しつかえない。

車に戻ると、君子はどっと疲れが襲いかかってくるのを感じた。

だが、まだ、することが、いくらでもあった。このままでは、一円にもならないのだ。

疲れた身体に鞭打《むちう》って、中野のマンションに戻った。

部屋に入ると、三面鏡の引出しから、便箋《びんせん》と封筒を取り出した。

ボールペンを手にしたが、それは、やめた。筆跡で、書いた人間がわかると聞いたことがあったからである。

週刊誌と、のりと、鋏《はさみ》を用意して、それで手紙を作ることにした。

大小とりまぜて活字を切り抜き、それを、便箋に貼《は》りつけていった。

〈老人は、あずかった。助けてもらいたければ、すぐ、一億円用意しろ。けいさつに知らせたら、殺すぞ。また、連絡する〉

それが出来あがると、切り抜きに使った週刊誌は、廊下にあるダストシュートに投げ込んだ。朝になれば、管理人が、燃やしてしまうだろう。

君子は、少し眠った。

朝の七時に、眼をさますと、君子は、サンダルを突っかけて、中野駅まで、歩いて行った。

駅の売店は、もう開いていた。君子は、「おばさん。お早よう」と、声をかけてから、スポーツ紙を、全部、買った。五千円札を出すと、お釣りがないといわれた。

「じゃ、セブンスターを二十個貰うわ。どうせ、買うんだから」

と、君子は、いった。

セブンスターをツー・カートンと、五紙のスポーツ新聞を抱えて、君子は、ゆっくり、家に帰った。

ドアを開けて、中へ入る。もちろん、大山の死体はない。彼の洋服や、ネクタイなどが、いやでも眼に入ってくる。

君子は、視線をそらせて、時計に眼をやった。

十二時近くなったところで、君子は、昔、つき合ったことのある井上《いのうえ》という男に電話をかけた。街のチンピラで、いつも、金を欲しがっているような男だった。

「今時分、何の用だい？」

井上は、眠そうな声を出した。どうせ、昨夜は、どこかで飲み潰《つぶ》れたのだろう。

「金儲《もう》けしてみる気はない？」

「十万や二十万の端金《はしたがね》じゃいやだぜ」

「一人前のことをいうのね」

と、君子は、小さく笑ってから、

「うまくいけば、あんたに一千万円あげるわ」

「一千万円だって」

とたんに、眠たげだった井上の声が、大きくなった。

「そうよ。一千万円は、とれるわ」

「まさか、誰《だれ》かに保険金をかけて、そいつをおれに殺してくれなんていうんじゃあるまいね？」

「あんたに、そんな度胸のないことは、よくわかってるわよ。ただ、私のいう通りに動いてくれればいいだけ」

「じゃあ、これから、そっちへ行こうか？」

「それは駄目。あんたと会ってるところを、他人《ひと》に見られると、あとで困るのよ。これから、私がいうことを、よく聞いてくれればいいのよ。そして、その通り、間違いなく、動いてくれれば、一千万円を差しあげるわ」

4

午後一時。

誘拐《ゆうかい》事件が発生したという知らせを受けて、捜査一課の十津川《とつがわ》警部は、部下の亀井《かめい》刑事を連れて、現場である中野のマンションに急行した。

五階の端の部屋の女性から、一一〇番が、かかったのである。

新宿のクラブ「ベラミ」のホステスで、中島《なかじま》君子、二十九歳だった。

「パパが、誘拐されたんです」

と、君子は、青白い顔で、十津川にいった。

「くわしく話して頂けませんか」

と、十津川は、いった。

「パパの名前は、大山卓造で、お店の常連なんです。年齢《とし》は七十歳だったと思います。去年の春から、パパの世話になってて、このマンションも、パパが、借りてくれたんです」

「その大山卓造さんが、誘拐されたんですね？」

「ええ。昨日、お店の帰りに、寄って、泊ったんです。七時頃に起きたんですけど、昨夜、後楽園で、巨人が勝ったでしょう。パパは、すごい巨人ファンだもんだから、すぐ、スポーツ新聞を買って来てくれって、いうんです。それで、私が、中野の駅まで行って、五つのスポーツ新聞を買って来たんですけど、戻ってみると、パパがいないんです」

「ここから、中野駅までだと、往復で、どれくらいかかりますか？」

「三十分ぐらいかな。それで、パパは、どこへ行ってしまったんだろうかと思っていたんです。洋服は脱いだままだし、靴は置いてあるし、ガウン姿で、サンダルでも突っかけて、散歩にでも出かけたのかと思ったんです。気まぐれな人ですから。ところが、昼頃《ひるごろ》になっても、帰って来ないんで、心配になって、外へ探しに行って、その帰りに、何気なく、郵便受を見たら、これが入っていたんです」

君子は、白い封筒を、十津川に見せた。

何も書いていない封筒だった。

中から、雑誌のらしい活字を切り抜いて貼りつけた便箋が出て来た。

十津川は、それを読み、亀井に渡した。

「一億円ですか」

と、十津川は、呟いた。

「それには、警察にはいうなとありましたけど、どうしていいかわからないので、一一〇番したんです」

「そうして頂いて、われわれも助かりました。ところで、犯人は、一億円を要求していますが、あなたに、払えますか？」

「とんでもない。十万円だって、大変ですわ」

「すると、大山さんの家が、資産家ということですか？」

「ええ。大変なお金持ちだと聞いたことがありますけど――」

「犯人は、それを知っていて、大山さんを誘拐したんでしょうね。あなたに、こうした脅迫状を出せば、大山さんの家族に伝わると思ったんでしょうね」

「私は、どうしたらいいんでしょう？」

「犯人は、また、あなたに何かいってくるかも知れませんから、ここを動かずにいて下さい」

「でも、私には、一億円なんか用意できませんけど」

「それは、私が、大山家へ話しましょう」

と、十津川は、いった。

亀井刑事に、その場を委《まか》せて、十津川は、君子に聞いた大山邸を訪ねた。

同じ中央線の阿佐ヶ谷《あさがや》駅近くにある豪邸だった。

敷地は、七、八百坪はあるだろう。この土地だけでも、七億円ぐらいの価値はあるのではないかと思いながら、十津川は、門柱についている呼鈴を押した。

四十歳くらいの女性が出て来て、とがめるように、十津川を見すえた。

「主人は、ゴルフに出かけておりますけど」

「奥さんですか？」

「ええ、それが、何か？」

「警察の者ですが、内密に話したいことがありましてね」

十津川は、相手に、警察手帳を見せた。とたんに、顔色が変って、あわてて、家の中へ招じ入れた。

「主人に、何かあったんですか？」

「いや、大山卓造さんのことです」

「義父《ちち》のことですの」

「誘拐されました」

「誘拐って、どうして？　昨日も、家に帰っておりませんけど」

「中島君子という女性を、ご存知ですか？」

「ええ、知っています。どこかのクラブのホステスでしょう。義父が、欺《だま》されて、お金をしぼり取られているのよ。主人も、私も、みっともないから、やめるように、いつも、義父に頼んでいるんですけどね」

「実は、彼女のマンションにいるところを誘拐されたんです」

「じゃあ、あの女が犯人なんでしょう？」

「いや、彼女が、大山卓造さんに頼まれて、中野駅にスポーツ新聞を買いに行っている間に、何者かに誘拐されたといっています。そして、これが、彼女のところに送られてきたんです」

十津川は、脅迫状を、卓造の一人息子大山市郎《いちろう》の嫁である静子《しずこ》に見せた。

静子の顔色が変った。

「一億円も」

「中島君子には、払えませんし、犯人も、こちらから取るつもりで、卓造さんを誘拐したんだと思いますね」

「でも、一億円なんて大金、ここには、ありませんわ」

「ご主人は、ゴルフといいましたね？」

「ええ」

「では、お帰りになったら、相談なすって下さい。犯人が、卓造さんの身代金《みのしろ》として、一億円を要求していることだけは、事実なんですからね」

と、十津川は、いった。

大山市郎が、帰宅したのは、夕方の六時になってからだった。

知らせを受けて、十津川は、もう一度、大山邸を訪ねた。

大山市郎は、現在、大山産業の社長をしていた。誘拐された卓造は、会長である。大山産業は、さまざまな事業に手を出していた。

不動産、ゴルフ場の経営、スーパーマーケット経営などである。今日、市郎が、区会議員などとゴルフをしたのも、大山産業が経営している千葉県内のゴルフ場だった。

「話は、家内から聞きました」

と、市郎は、落着いた声でいった。

「それで、一億円は、用意されますか？　犯人は、明らかに、大山家の資産を狙《ねら》って、卓造さんを誘拐したんだと思います。大山家は、中野区の長者番付に、毎年出ていますね。それを見れば、犯人は、卓造さんに狙いをつけるのも当然だと思いますね。お子さんがいたら、多分、お子さんが、狙われたでしょう」

「大山家の財産は、ほとんど、父が作ったものですから、父が誘拐されれば、支払いますが、それで、父は、無事に帰ってくるでしょうか？」

「われわれは、救出に全力をつくします」

「一億円の身代金を、払わなかったら、どうなりますか？」

「その場合でも、われわれは、全力をつくしますが、から手で、犯人と交渉するのは難しいことも事実です。ただ、あとになって、あなた自身が、お困りになるかも知れませんね。この誘拐事件が、公になった時、マスコミは、父親の身代金を払おうとしなかったことで、あなた方夫婦を、批判するでしょうから」

「私を、脅《おど》かすんですか？」

と、市郎は、色をなして、十津川を睨《にら》んだ。

「いや、そんな気は全くありません。あなたが、身代金を支払うか、否かに関係なく、われわれは、卓造さんの救出に全力をつくすと、申し上げたんです」

「わかりました。用意しましょう。ただし、今日は日曜日だし、もう午後七時に近い。銀行に頼めません。明日にならなければ、作れませんね」

「それは、犯人も、わかっていると思いますよ」

「しかし、なぜ、私どものところへ身代金を要求せずに、中島君子さんのところへ要求してきたんでしょうか？」

「いろいろ、理由は考えられますね。彼女のマンションから誘拐したからかも知れません。あなたのような人よりも、彼女の方が、脅かしやすいからかも知れません」

「彼女が、金欲しさに、男友だちと組んで、父を誘拐したのかも知れませんね。その可能性だって、あり得るわけでしょう？」

「そうですね。ただ、彼女の部屋から誘拐した理由がわかりません。ちょっと、危険ですからね。どうしても、部屋に痕跡《こんせき》が残ります」

「残っていなかったんですか？」

「これまでのところ、ありませんね」

「犯人は、次の要求も、彼女のところへ、いってくるんでしょうか？」

「多分、そうするでしょう。その都度、こちらにも、お知らせしますよ」

5

午後十時に、若い男の声で、君子のところに、電話が入った。

「一億円は、用意できたか？」

男の声が、きく。

君子が、返事をした。

「私に、そんな大金は用意できないわ」

「だが、大山卓造は、大山産業の会長だ。大山家なら、用意できる筈だ。お前さんから、向うへいってくれ」

「伝えたわ」

「それで？」

「今日は駄目だから、明日なら、用意はできるといっていたわ」

「よし。それなら、明日の十一時までに、一億円用意しておくようにいえ。また、その時に電話する。爺《じい》さんを助けたかったら、一億円用意するんだ」

「もし、もし――」

と、君子は、電話口でいっている。十津川に、首を振って見せた。

「切ってしまったわ」

「いいですよ」

と、十津川は、いった。

十津川は、君子の部屋から廊下に出ると、亀井刑事に、

「調べてくれたかね？」

「西本《にしもと》君が、中野駅へ行って、調べたところ、彼女のいうことに間違いはなかったそうです。中島君子は今朝の七時過ぎに、売店で、スポーツ紙を五紙買ったそうです」

「よく、彼女のことを覚えていたね？」

「五千円札を出したんで、売店の人が、お釣りがないというと、セブンスターを二十箱買ったそうで、それで、覚えているんです」

「なるほどね」

「警部は、彼女が、怪しいと思いますか？」

「息子の大山夫婦は、中島君子が、ボーイフレンドと、金欲しさに、誘拐したんだろうといっている」

「彼女はさっき、逆のことをいっていましたよ」

「逆のこと？」

「大山家では、実権は、大山卓造が握っていた。何十億という財産があっても、息子夫婦の自由にはならない」

「それで父親を誘拐したか——？」

「そのごたごたで死んでしまえば、全財産が、息子夫婦のものになります」

「なるほどね。考えられなくはないね。あの息子にしても、息子の嫁さんにしても、あまり、父親を尊敬しているようにも、見えなかったからね。一億円の身代金にしても、最初は、支払いを渋っていたが、私が、あとで、批判されると脅かしたら、やっと、用意するといい出したんだ」

「そうですか」

「明日の十一時までは、犯人からの連絡もあるまい。それまでに、調べて貰いたいことがある」

「例の脅迫状ですか？」

「そうだよ」

と、十津川は、ポケットから、脅迫状を取り出して、亀井に渡した。

「指紋の検出ですか？」

「それはいい。犯人は、手袋をはめていたろうし、中島君子の指紋がついていても、それは、彼女が、最初に読んだわけだから、当然のことだ。君にやって貰いたいのは、貼りつけた活字が、何から、切り抜かれたものか調べて欲しい。単行本か、雑誌か、雑誌なら、何という雑誌かだ」

「わかりました。やってみます」

6

朝になった。

大山市郎は、取引銀行に、一億円の札束を用立ててくれるように、頼んだ。

亀井刑事は、同僚の西本と、脅迫状に使われた活字を追いかけていた。

午前十一時。

中島君子の電話が鳴った。

十津川は、テープレコーダーのスイッチを入れてから、君子に、眼で合図した。

君子が、受話器を取った。

「一億円、用意できたか？」

「ええ。大山家が用意したわ」

「よし。次は、S社製の布製のスーツケースを二個買ってくるんだ。一番大きなやつだ。買って来たら、それに、五千万円ずつ詰めるんだ。ちゃんと詰まる筈だよ。一時間以内に、今いったことを実行しろ。十二時になったら、また、連絡する」

それで、電話が切れた。

すぐ、S社製の布製のスーツケースが、駅前のデパートで購入された。

大型で、底に、キャスターがついている。

ジッパーで、開けると、それに、大山市郎が運んで来た一万円の札束を詰めていった。

犯人のいう通り、五千万円ずつ、きれいに詰まった。

両方で、十四キロぐらいの重さだった。

十二時に、また、犯人からの電話がかかった。

「用意はできたか？」

と、犯人が、きいた。

「できたわ」

「それでは、お前さんが、札束の入ったスーツケースを持って、車に乗るんだ。白いカローラを持っているだろう。あれに乗れ。いいか、ちゃんと見張っているから、リア・シートに、刑事をのせたりするなよ。そんなことをしたら、爺さんを殺すぞ」

「わかったわ。車に、お金をのせたら、あと、どうすればいいの？」

「甲州街道を、西へ走れ。下高井戸の入口近くに、公衆電話ボックスがある。そこに、一時までに着いて待つんだ。次の指示を与える」

男は、がちゃんと、電話を切った。

君子は、受話器を置くと、十津川を見た。

「どうします？」

「とにかく、相手の指示どおりに動いて下さい。刑事を、同じ車にもぐり込ませたいんですが、どうやら、犯人は、それを見越して、警告しているから、これは出来ません。しかし、犯人にわからぬように、あなたの車を尾行して行きます」

二つのスーツケースは、君子の車のトランクに積み込まれた。

十津川は、亀井の運転する覆面パトカーで、君子のカローラを尾行した。

中野から甲州街道に出る。

京王線の下高井戸《しもたかいど》駅近くに、公衆電話ボックスがあった。

君子が、その横に車を止めた。

亀井も、五十メートルほど手前で、車をとめた。

まだ、一時には、七、八分、間があった。

君子が、車からおりて、電話ボックスの中に入って行く。

「古典的なやり方だな」

助手席で、十津川が、呟いた。

「は？」

と、亀井が、十津川を見た。

「犯人の連絡方法がさ。公衆電話ボックスに待たせておいて、連絡する。よくあるやつだよ」

「そうですね」

亀井が肯《うなず》いたとき、電話ボックスの中で、ベルが鳴ったらしく、君子が、受話器を取るのが見えた。
二、三分で、君子は、電話を切ると、電話ボックスを出て来て、車に乗った。
再び、カローラが、走り出す。亀井も、ハンドルを握って、アクセルを踏んだ。

秋の西陽が、真正面から差し込んでくる。

二人の刑事は、サングラスをかけた。

「犯人は、次にどう出るつもりですかね？」

亀井が、眼で、前方を走るカローラを追いながら、十津川にきいた。

「普通は、あと、一、二回、公衆電話ボックスを利用して、尾行されているかどうか確かめるんだが、今回はそれはしないようだ」

「なぜわかりますか？」

「電話ボックスを、二つばかり、通り過ぎたよ」

西に行くにつれて、少しずつ、緑が多くなって来た。

武蔵野《むさしの》の面影を、まだ、残している地区が眼に入ってくる。

八王子近くまで来て、カローラは、ガソリンスタンドのところを右に曲った。

道路の左右に、畠《はたけ》や、雑木林が広がってくる。

道路も、砂利道になってきて、しきりにバウンドする。しかも、登り道である。

すれ違う車もなくなった。

先行するカローラが止まった。

亀井も、離れた樹《こ》かげに、車を止めた。

君子は、車からおりると、トランクを開けた。スーツケースを二つ引き出した。

それを、両手で下げて、雑木林の中に入って行った。

かなり深い雑木林だった。

すぐ、君子の姿は、見えなくなった。

亀井が、トランシーバーを持ち、車からおりて、雑木林に、もぐり込んで行った。

十津川は、二人の消えた雑木林を、じっと見守っていた。

やがて、君子が、手ぶらで、雑木林から出てくると、カローラに乗って、甲州街道の方へ逆戻りして行った。

「カメさん」

と十津川は、トランシーバーで、呼びかけた。

「亀井です」

という声が戻ってきた。

「どんな具合だね？」

「雑木林の奥に、白い布の目印が、枝にしてあって、中島君子は、その下に、二つのスーツケースを置いて行きました」

「彼女は、今、車に乗って、引き返して行ったよ。犯人が出てくる気配があるかね？」

「今のところ、静かですね。何の物音も聞こえて来ません」

「犯人は、どうやって、一億円を取りに来るつもりかね？」

「わかりませんが、あッ」

「どうしたんだ？　カメさん」

「何か、きな臭い匂《にお》いがします」

「何の匂いだ？」

「あッ、火事です！　火事だ！」

亀井の大きな声が、トランシーバーを通して、聞こえてきた。

十津川のところからも、雑木林から、白煙があがっているのが見えた。

九月に入ってから、ほとんど雨が降っていないので、木も、空気も、乾き切っている。

雑木林は、たちまち、真っ赤な炎に包まれた。

もうもうと、黒煙が、宙に立ち昇っていく。

「カメさん！」

と、十津川は、トランシーバーに向って、怒鳴り、返事がないと、車から飛びおりた。

雑木林のところまで、駈《か》け寄ったとき、煙の中から、亀井が、よろめきながら、逃げ出して来た。

亀井は、激しく咳《せき》込みながら、十津川の傍に来た。

「とつぜん、火が出ました。一億円を運び出す時間がありませんでした」

「いいさ。犯人だって、持ち出せなかったんだ」

十津川が、いった。

眼の前の雑木林は、今や、一つの大きな炎になって、近くの山林にも、燃え広がろうとしている。

二人の足元の雑草までが、くすぶり始めた。

二人はあわてて、車に戻った。

7

この火事は、五時間にわたって、燃え続けた。

問題の雑木林はもとより、周囲の山林も、焼けてしまった。損害額は、十二億にのぼるだろうといわれた。

十津川と、亀井は、まだ、くすぶっている雑木林の中に入って行った。

時々、焼け焦げた枝が、ぱらぱら落ちてくる。木々は、焼けて倒れてしまっていた。

問題の二つのスーツケースは、布製であったために、完全に焼けてしまっている。中身の一万円札の束も、灰のかたまりになってしまっていて、風が吹くと、ぱらぱらと、崩れていった。

若い男の焼死体も、発見された。

身体全体が、焦げてしまっていたが、雑木林の外に止めてあった車に、車検証があり、それから、東京世田谷に住む、井上利夫《としお》、二十八歳とわかった。

この井上利夫の身元が、徹底的に洗われた。

前科が一つあり、現在、無職である。いわば、チンピラだったが、十津川が注目したのは、井上が、以前、中島君子が働くクラブ「ベラミ」で、ボーイをしていたことがあるという事実だった。

十津川は、先に、マンションに帰っていた君子に会うと、

「井上利夫という男を知っていますか？」

と、きいた。

君子は、「井上――さん？」と、口の中で呟いてから、

「前に、同じ店で働いていたボーイさんかしら？」

「そうです」

「あの井上さんが、どうかしたんですか？」

「今度の誘拐の犯人ではないかと思われるのです」

「まさか――」

「あなたが、一億円入りのスーツケースを置いた雑木林が、山火事で燃えたんですが、その焼け跡から、井上利夫の焼死体が発見されました」

「本当ですか？」

「事実です。井上は、あなたのことも、大山卓造さんのことも、知っていたんじゃありませんか？」

「ええ。知っていた筈ですわ」

「それなら、今度の誘拐を計画した理由もよくわかります。金にも困っていたようですから、大山さんを誘拐し、身代金を手に入れようとしたのだと思います」

「それで、一億円は、無事に戻ってくるんですか？」

「残念ですが、山火事で、燃えてしまいました」

「まあ」

「恐らく、こういうことだろうと思います。犯人の井上は、あの雑木林に、われわれとは反対側の道から、車で近づき、雑木林の中に入って、あなたが一億円を持ってくるのを待っていたのだと思います。待っている時に、煙草を吸った。その火が、雑草にでも燃え移ったんだと思いますね。消防士も、山火事の原因の第一は、煙草の火だといっていましたから」

「それで、人質になっている大山さんは、どこにいるんでしょうか？」

「これから、それを、探さなければなりません」

と、十津川はいった。

井上は、世田谷区内のアパートに住所があった。十津川たちが、そのアパートを調べてみたが、大山卓造は、いなかった。

二十人の刑事が、動員されて、大山卓造の行方を追った。

そのあわただしさの中で、亀井が、

「脅迫の活字のことが、わかりました」

と、十津川に、いった。

「雑誌だったかね？」

「女性週刊誌のNから、切り抜いたものだとわかりました。面白いのは、中島君子も、このNを、よく買っているということです」

「そいつは面白いが、彼女が犯人なら、他の雑誌の活字を使うんじゃないかね？」

「そういう考え方もあると思いますが――」

「カメさんは、不満かね？」

「どうも、今度の事件の終り方が、気に入らないんです」

「まだ、終ってはいないよ。肝心の人質が、どこにいるのかわからないんだからね」

「もう、死んでいるんじゃありませんか？」

「かも知れないが――」

十津川が、言葉を濁したとき、大山卓造らしい死体が、京王多摩川で見つかったという報告が入った。

十津川と、亀井は、現場に、急行した。

ロープの巻かれた老人の死体が、岸に、引き揚げられていた。

鯉《こい》つりに来た男が、引っかけたのだという。

ナイトガウンの上から、ロープで縛られているのだが、そのロープは、解けかかっていた。釣り人が見つけなくても、その中《うち》に、浮かび上がっていたかも知れない。

息子夫婦が駆けつけて、大山卓造であることが、確認された。また、中島君子は、そのガウンが、彼女のマンションで着ていたものだと、いった。

しかし、死体には、外傷もなく、死因がつかめないので、解剖に廻すことになった。

「これで、全《すべ》て、解決ってわけでしょうか？」

と、亀井が、相変らず、納得《なっとく》がいかないという顔で、十津川に、話しかけた。

「まだ、解剖の結果が、残っているよ」

「しかし、どうやって殺したのであれ、犯人の井上利夫が、大山卓造を誘拐し、すぐ、殺してから、一億円をゆすりとろうとした。しかし、山火事になってしまって、身代金の一億円を灰にしてしまっただけでなく、自分自身も、灰になってしまった。これで、終ったわけでしょうか？」

「不満かね？」

「理由はわかりませんが、どうも、納得できないんです」

と、亀井は、いった。

十津川は、笑っただけだった。

丸一日して、解剖結果が、報告されてきた。

死因は、脳卒中という報告だった。

「すると、病死ということですか？」

と、十津川は、解剖に当った大学病院に電話して、確かめた。

「その通りです。病死です」

解剖した医者が、電話口でいった。

亀井は、変な顔をして、

「大山卓造が、病死だったというのは、意外でしたね」

「そうでもないさ」

と、十津川は、微笑した。

「と、いいますと、警部は、病死を予想されていたんですか」

「ひょっとすると、病死かも知れないと思っていたんだ。しかも、死亡推定時刻は、九日の午後十一時から十二時の間と書いてあるんだよ」

「しかし、中島君子は、翌朝の七時頃、中野駅へ行って、スポーツ紙を買った。その間に、大山卓造が誘拐されたといっていたんじゃありませんか？」

「その通りだよ。つまり、彼女は、嘘《うそ》をついていたのさ」

「なぜ、君子は、そんな嘘をついていたんでしょうか？」

「その理由を確かめに、彼女に会いに行ってみようじゃないか」

と、十津川はいった。

8

二人が、中野のマンションに着いたとき、君子は、店に出るところだといって、三面鏡に向って入念に化粧をしていた。

「今日は、事件を終らせるために、やって来ました」

と、十津川はいった。

君子は、変な顔をした。

「犯人が死んで、もう終ったんでしょう?」

「いや、全く終っていません」

「なぜですか?」

「私は、最初から、あなたが、犯人だと考えていたんですよ」

十津川は、ニコニコ笑いながら、いった。

君子は、十津川の微笑を、冗談と受け取るべきかどうかわからない様子で、戸惑いの表情を作った。

「それ、冗談でしょう？」

「いや、本気です」

「それなら、なぜ、私を逮捕なさらなかったんですか？」

「あなたが、犯人とすると、三つの、疑問が出てくるからです。一つは、あなたは、大山卓造さんと結婚してしまえば、財産の半分を手に入れることが出来る。その額は、恐らく、二、三十億円にはなる。それなのに、なぜ、無理な誘拐などを企《たくら》んだのか。二つ目は、脅迫状に、なぜ自分が、いつも読んでいる女性週刊誌の活字を使ったか、三番目は、数十億の財産を持つ相手に対して、なぜ、一億円しか要求しなかったか」

「それで、どうなりましたの？」

「その答が見つかったのです。大山卓造さんは、病死とわかったからです。あなたは、突然、大山さんに死なれて、あわててしまったに違いない。このマンションも出ていかなければならないし、結婚もしていないから、一円も貰えない。それで、あなたは、まだ、大山さんが生きているように見せかけて、誘拐事件をでっちあげたんです。つまり、結婚できるのに、危険な誘拐をしたのではなく、結婚できなくなったので、誘拐事件にしたんです。そう考えれば、女性週刊誌のことも説明がつきます。前もって、計画したものではなかったので、身近にあった雑誌を使わざるをえなかったわけですね」

「一億円の理由もわかりましたの？」

「もちろん。あなたが、犯人とすれば、上手に説明がつくんですよ。あなたは、昔、知り合いだった井上利夫を引きずり込んだ。電話の文句は、あなたが、教えたものでしょうね。一億円を要求し、それを、わざわざ、S社製のスーツケース二つに分けて入れさせた。それを、雑木林の中に置かせた。山火事を起こして、燃やしてしまうためです」

「そんなことをしたら、一円にもならなくなってしまうじゃありませんか？」

「その通りです。あのスーツケースの中身が一万円の札束ならばね。しかし、違う。あなたは、前もって、同じスーツケース二つに、古雑誌や、古新聞を詰めて、車のトランクに入れておいたんだ。その上に、マットを敷いてわからなくしておいた。次に、同じスーツケース二つに、一億円を詰め込み、車のトランクに積み込む。雑木林に着いたとき、あなたは、マットの下に、あらかじめ入れておいたスーツケースを出して、雑木林の中に持って行ったんです。古雑誌や古新聞の詰まったスーツケースですよ。そうしておいてから、何気ない顔で、車に戻った。しかし、すぐ、引き返したわけじゃない。あなたは、車で、雑木林の反対側に廻り、火をつけたんです。雑木林の中に、井上利夫を入れておいたんですよ。井上は、前には、われわれ警察がいるし、背後から火をつけられたので逃げられず、焼死してしまったんです。あなたの計算通りにね。だが、大山さんの死亡推定時刻だけは、ごまかせなかった。井上利夫が犯人だと、彼は、死人を誘拐したことになってしまうんだ。さあ、一億円をどこに隠したんですか？」

死が乗り入れて来る

1

佐々木は、仙台発の「やまびこ124号」に乗ると、しばらくして、9号車に歩いて行った。

東京の恋人、今西めぐみに、電話をかけるためだった。

今日、やまびこ124号で、行くことは、知らせてあるし、上野駅に、迎えに来てくれる約束になっていたが、それでも、確認をしておきたかったのである。

佐々木が、中央興産の東京本社から、仙台支社に、転勤を命ぜられてから、ほぼ、一年がたった。

中央興産では、支社勤め三年から五年で、本社に戻る慣習になっている。

だから、少くとも、あと二年は、東京に戻れないわけである。

東京に残っためぐみとは、今後のことを、何度か話し合った。今すぐ、めぐみが、仙台へ来てくれればいいのだが、彼女は、東京生れの東京育ちで、他の町で暮らすのは、嫌だという。

それなら、あと二年以上して、佐々木が、東京本社に戻ってから結婚するより仕方がない。

月二回、交代で東京へ行ったり、仙台へ来たりして、お互いの愛を確め合っているのだが、いつも、別れる時、佐々木が、仙台へ来てくれといい、めぐみが、首を横に振って、気まずい別れになってしまうのである。

そして、仙台へ戻ると、佐々木が、あわてて、謝《あやま》りの電話をかけるのだ。

9号車の電話で、東京の西国分寺《にしこくぶんじ》の彼女のマンションに、かける。

「今西です」

という、彼女の声がした。

ちょっと甘い声である。

「僕だよ。今、やまびこの中から、かけてるんだ。今日、会うことになってるのを、君が忘れたら困ると思ってね」

「バカね。忘れる筈《はず》がないじゃないの。ちゃんと、カレンダーに印をつけてあるわ。これから、中央線で、出かけて、上野駅に迎えに行く。上野駅に着くのは、確か、一八時頃だったわね？」

「一八時〇九分。19番線に着くんだ」

「じゃあ、そのホームに迎えに行ってるわ。今、何時？」

と、めぐみが、きいた。

「今は――」

と、佐々木は、腕時計に眼をやって、

「午後四時二十分をちょっと過ぎたところだね。間もなく、福島だ」

「もう出かけなきゃあ。四時半頃の中央線に乗らないと、上野駅へ迎えに行けないわ。じゃあね」

と、めぐみはいい、電話を切った。

佐々木は、そのまま、9号車のビュフェで、コーヒーを、飲んだ。

仙台駅で買った週刊誌を広げてみると、「結婚しない女たち」という見出しが、眼に入った。

最近の若い女性たちは、自由な独身を楽しみ、拘束されるような結婚は、望まないというのである。

(まさか、めぐみまで、そんなことを、考えているんじゃないだろうな)

と、思い、佐々木は、だんだん、不安になってきた。

めぐみは、佐々木より二歳年下の二十四歳である。家が、かなりの資産家なので、マンションも、国立《くにたち》近くに買って貰い、優雅に独身生活を楽しんでいる。あれでは、なかなか、仙台まで来て、一緒に暮らす気には、ならないのではないのか。

列車がとまった。福島である。

もう、めぐみは、家を出ているだろう。西国分寺の駅まで、十分くらいかかる。午後四時三十分台の電車に乗らないと、間に合わないからだった。

今日は、五月十日。ゴールデンウィークが終ったので、車内は、かなりすいている。

佐々木は、自分の席に戻り、煙草に火をつけた。

二本たてつづけに吸ってから、佐々木はあと一本残った箱を、くしゃくしゃに潰《つぶ》して、屑籠《くずかご》に、捨ててしまった。

めぐみが、煙草を嫌がるので、彼女の前では、なるべく吸わないようにしているからである。もし、彼女が仙台に来てくれるのなら、煙草をやめてもいいとも、思っているのだが、そのくらいのことでは、東京から、離れたがらないだろうか。

郡山《こおりやま》、大宮と、過ぎて、定刻の一八時〇九分に、上野駅の19番ホームに、やまびこ124号は着いた。

めぐみは、いなかった。

2

常磐線を走る特急「ひたち」には、さまざまな種類がある。

昔は、日立―上野間を走っていたのだが、新型車両のスーパーひたちは、仙台まで、延長しているし、四両という短い編成で、仙台―平《たいら》間を走る列車もある。

旧型車両の七両編成の普通の「ひたち」は、今は、ビジネス特急として、ほぼ、三十分間隔で、走っている。

ひたち124号は、そのビジネス特急の一つで、一六時三四分に、勝田《かつた》を出発し、水戸、土浦、松戸などを経て、一八時〇五分に、終点の上野に着く。

この電車も、かなりすいていた。

七両編成で、指定が三両、あとの四両は、自由席である。

1号車は、指定で、禁煙なので、十五、六人の乗客しか、乗っていなかった。

列車が、上野駅の17番ホームに入ると、その少ない乗客は、あっという間に、ホームに消えてしまった。

いや、一人を除いてである。

一番うしろの右の窓側の座席に、若い女が、窓にもたれるような恰好で、動こうとしなかったからである。

乗客の忘れ物をチェックしながら、廻って来た車掌の井上が、その女に気付いて、

「終点ですよ。お客さん」

と、声をかけた。
だが、何の返事もない。井上は、もう一度、
「お客さん」
と、声をかけたが、その時に、異状に、気付いた。
鼻から、血が、流れ出していたし、首が、折れ曲っているように、見えたから
だった。それは、まぎれもなく、死人の顔だった。
井上車掌は、あわてて、ホームに飛び出し、駅員に、知らせた。
五月十日、一八時〇九分だった。
他殺の疑いが強いということで、上野警察署に、捜査本部が置かれ、十津川が、
担当することになった。
女は、明らかに、首を締められていた。その時、鼻から、血が流れ出したのだ。
座席の前の床に、ハンドバッグと、飲みかけと思われる缶ビールが、転がって
いた。
ハンドバッグの中に、財布、化粧品などと一緒に、運転免許証が入っていて、
女の身元は、すぐわかった。

今西めぐみ。二十四歳。住所は、西国分寺のマンションだった。

奇妙だったのは、「ひたち124号」の車内で殺されていたのに、この列車の切符は、持ってなくて、西国分寺から五百六十円の東京近郊区間の切符を持っていたことだった。

十津川は、すぐ、亀井刑事と、西国分寺のマンションに、行ってみた。

駅から、歩いて七、八分のところにあるマンションだった。

その五階の五〇二号室だったが、ひとり住いだったのか、部屋は、閉っていて、人の気配が、なかった。

十津川は、管理人に、会って、今西めぐみという女性のことを、聞いてみた。

「デパートに勤めているOLさんですよ」

と、管理人は、いってから、

「ついさっきも、男の人が、訪ねて来ましたよ。上野駅に迎えに来てくれることになっていたのに、来ていなかった。どうしたのか知りませんかといってね」

「上野駅に？　どんな男でした？」

「若い人ですよ。時々、ここへ、今西さんを訪ねて来ていますよ。恋人じゃありませんか。今西さんへの言伝《ことづ》てを頼まれています。これです」

と、管理人は、メモを見せてくれた。

〈上野駅で、三十分待ったが、君が見つからないので、マンションへ来てみた。

これを見たら、すぐ、電話をくれ。心配している。

佐々木〉

メモには、そう書いてあった。

電話番号も、居場所も書いてないが、それは、今西めぐみが、知っているということなのだろう。

二人は、錠を開け、部屋に入ってみた。

1LDKの部屋である。リビングルームは、二十畳ほどの広さがあり、花模様のじゅうたんが、いかにも若い女の部屋の感じだった。

二人で、手紙や、写真などを探していると、部屋の電話が鳴った。

十津川が、受話器を取った。

いきなり、若い男の声が、

「いったい、どうしたんだ？　上野へ迎えに来ると、いったのに」

と、詰問《きつもん》口調で、いった。

「失礼ですが、佐々木さんじゃありませんか？」

十津川が、きくと、一瞬、相手は、黙ってしまってから、

「あんたは、誰なんだ？」

「警視庁捜査一課の十津川と、いいます」

「警察？　何かあったんですか？　彼女が、どうかしたんですか？」

「とにかく、こちらへ来てくれませんか。お会いしてから、話をしますよ」

と、十津川は、いった。

すぐ行きます、といって、相手は、電話を切った。

二時間近くたって、男は、やって来た。

「佐々木です」

と、名乗ってから、青い顔で、

「彼女が、どうかしたんですか？」

「死にました。特急『ひたち』の車内で、殺されていたんですよ」

「ひたち？」

と、佐々木はきき返してから、

「それは彼女じゃありませんよ。そんな列車に乗る筈がないんだ。今日は、僕が、仙台から出て来るんで、上野駅に迎えに来てくれている筈だったんですよ」

と、強い調子で、いった。

「ひたち124号も、上野着ですよ。彼女は水戸あたりにいて、この列車で、上野へ来て、あなたに、会うつもりだったんじゃありませんか？」

「いや、午後四時過ぎに、電話した時には、このマンションにいて、これから、上野へ迎えに行くと、いっていたんです。だから、別人ですよ。同名異人ですよ」

と、佐々木は繰り返した。

十津川は持って来た今西めぐみの運転免許証を、佐々木に見せた。

「これを、持っていたんですよ。本人のものです。どうですか？」

「――」

佐々木の顔色が変った。別人と思おうとしていたのが、これで、打ち砕《くだ》かれたからだろう。

「やはり、あなたの知っている女性ですか？」

十津川は、残酷だなとは思いながら、念を押した。一番、刑事にとっても、辛《つら》い瞬間である。

「そうです。しかし、まだ、信じられませんよ」

と、佐々木は、小さい声でいった。

「では、遺体を見て下さい」

十津川は、彼を、遺体のある東大病院へ連れて行った。

佐々木が、強い絶望に襲われるのがわかって、十津川はこの男は、本当に、彼女を愛していたのだと思った。もちろん、強い愛情が、ある時、深い憎悪《ぞうお》に変ることもある。だから、佐々木だって、容疑者の外におくことは出来ないのだが。

時間を置いて、十津川は、佐々木を、病院前の喫茶店に誘った。

コーヒーを飲んでいる中《うち》に、佐々木も、少しは、落ち着いたようだった。

「もう一度、今西めぐみさんのことを話して下さい。今日、上野駅で会うことになっていたんですね？」

　と、十津川は、きいた。

「僕が、仙台勤務になったので、月に二回、お互いに、仙台と、東京に来て、会うことにしていたんです。今日は、僕が東京へ行く番で、一六時〇四分発のやまびこに乗りました」

「そのことは、彼女も、知っていたんですね？」

「もちろんです。前から決めていたことですから」

「上野で会うこともですか？」

「いつも、僕が上京する時は、彼女が、上野駅まで、迎えに来てくれるんです」

「新幹線に乗ってから、電話したんですね？」

「乗ってすぐです。今もいったように、乗る列車も、わかっている筈なんですが、念を押しておこうと思ったんです。乗ってすぐ、あのマンションに、電話しました」

「彼女が、出たんですね？」

「ええ。これから、すぐ出て、中央線で、上野まで迎えに行く。ホームにいると、いったんです」

「それが、何時頃ですか？」

「確か、午後四時二十分頃でした。福島に着く少し前です」

「そういえば、今西めぐみさんは、東京近郊区間の切符しか持っていませんでしたね」

と、横から、亀井が、いった。

「だから、中央線に乗ったんですよ。僕を迎えに来るために」

と、佐々木は、いった。

「しかし、彼女は、ひたち124号の車内で、殺されていたんです。なぜ、そんなことになったんですかねえ」

「僕には、わかりませんよ」

「失礼ですが、やまびこ124号に乗ったことは、間違いありませんか」

と、十津川が、きくと、佐々木は、眼をすえて、

「僕を疑うんですか？」

「これは、いつも、関係者には、おききしているんです」

「乗りましたよ。一刻も早く、彼女に、会いたかったですからね」

「証明は、できますか？」

「証明？　とにかく、乗っていましたよ」

「証明できると、助かるんですがね。仙台では、マンションに、お住みですか？」

「ええ、賃貸マンションです」

「そこを、今日、出たのは、何時ですか？」

「午後三時半頃です」

「それを、誰かに、いいましたか？」

「管理人に、会ったんで、これから、東京へ行ってくるといいました。だから、管理人に聞いて貰えば、僕が何時に、マンションを出たか、わかりますよ」

「きいてみましょう」

と、十津川は、いってから、

「新幹線の中では、誰か、知っている人に、会いませんでしたか？」

「いや、会いません。いけませんか？」

と、佐々木は、声をとがらせた。

「そんなことは、ありません。車内では、東京の彼女に電話をかけた。他に、何かしたことはありませんか？」

「ビュフェで、二回、コーヒーを飲みました」

「なぜ、二回も？」

「いろいろと、考えごとをしたかったからです」

「彼女のことでですか？」

「離れて、暮らしていますからね。僕としては、彼女に、仙台へ来て貰いたいと思っていたんです」

「彼女は、反対だった？」

「ええ。東京を離れたくないと、いっていました」

と、佐々木は、いった。が、すぐ、続けて、

「だからといって、僕は、彼女を殺していませんよ。二年もすれば、東京本社に帰れるんですから」

「あなたの他に、彼女と、つき合っていた男性はいませんでしたか？」

「そんな男は、いないと、思いますよ！」

と、佐々木は、強く、否定した。

3

十津川は、宮城県警に頼んで、佐々木の話が、本当かどうか、調べて貰った。

結果は、すぐ、回答されてきた。

佐々木の住んでいるマンションの管理人は、午後三時半頃、彼が、東京へ行って来るといって、出かけたと、証言したというのである。

十日のやまびこ124号のビュフェで働いていた女性たちにきいたところ、普段から、あまりお客さんの顔はじろじろ見ないといい、彼の写真を見せても、確認できなかった。

翌十一日になって、今西めぐみの解剖結果が、わかった。

死因は、やはり、首を締められたことによる窒息死である。

死亡推定時刻は、午後五時から六時（一七時から一八時）までということだった。

ひたち124号の時刻表は、次の通りである。

勝田	16:34
水戸	16:40
友部	16:51
石岡	17:04
土浦	17:15
荒川沖	↓
取手	↓
我孫子	17:36
柏	↓
松戸	17:47
北千住	↓
日暮里	↓
上野	18:05

と、すると、友部《ともべ》を出たあとから、上野に着く直前までの間に、殺されたことになってくる。

科研の方からは、面白い報告があった。

今西めぐみの足元に転がっていた缶ビールの中身を、念のために調べて貰っていたのである。

その結果、中身のビールから、致死量の青酸が、検出されたという。

これは、面白いと同時に、十津川たちを、当惑させた。

「犯人は、最初、青酸入りのビールで、今西めぐみを殺そうとしたのかな？　それが、失敗したので、首を締めたのかね？」

と、十津川は、亀井に、いった。

「そうとしか、思えませんね。きっと、今西めぐみが、怪しんで、飲まなかったんでしょう。それで、犯人は、首を締めたんです」

と、亀井も、いった。

しかし、十津川が、佐々木に電話すると、彼女は、ビールを飲まないという返事だった。

「飲まないって、それ、本当ですか？」

と、十津川は、きいた。

「飲みません」

「昔から、ビールを飲まなかったんですか？」

「ええ。彼女は、アルコールが駄目なんです。体質だと、いっていました」

と、佐々木は、いう。

「すると、ビールだけでなく、日本酒も、洋酒も、駄目ということですか？」

「ええ。ビールが、どうかしたんですか？」

「いや、何でもありません」

と、いって、十津川は、電話を切った。

「彼女、ビールは、飲まないんですか？」

亀井が、横から、きいた。

「そうなんだよ。佐々木が、嘘をつくとも思えないから、事実とみていいだろうね」

「すると、犯人は、彼女が、飲まないのを知らずに、缶ビールに、青酸を混入して、飲ませようとした。当然、彼女が断る。そこで、首を締めて殺したということになりますか」

「そう考えるより、仕方がないね」

と、十津川も、いった。

しかし、まだ、難しい顔になっていた。

犯人は、青酸入りの缶ビールで、今西めぐみを、殺そうとした。

つまり、用意して、持ってきたということである。

（そんな時、相手が、果して、ビールを飲むかどうか、確かめるのではあるまいか？）

今どきの若い女だから、ビールぐらい飲むと、犯人は、思っていたのか。

それとも、勘違いしていたのか。そんなことが、よくある。十津川も、長いこと、友人の一人が、大酒飲みだと思い込んでいたのだが、実際には、甘党だったということが、あった。

「缶の指紋は、どうだったんですか？」

と、若い西本刑事が、十津川に、きいた。

「指紋は、検出されなかったそうだ」

「じゃあ、犯人が、指紋を消したということですか？」

「多分、そうだろう。指紋がつかないようにして、被害者に、飲ませようとしたんだろうね。或《あ》いは、あとで、指紋を、拭《ふ》いておいたのか」

と、十津川は、いった。

「私は、犯人は男だと思います」

亀井が、いった。

「その点は、賛成だよ。素手で、首を締めて殺しているし、相手が、ビールを飲むだろうと決めつけたのは、男の考え方だからね」

と、十津川は、いった。

「殺された今西めぐみには、佐々木の他に、男がいたということでしょうか？」

亀井が、いう。

「その可能性もあるね。恋人同士でも、一年も、仙台と東京に別れて暮らしていれば、一月に二回会っていても、心に隙間が出来るんじゃないかな。今西めぐみに、佐々木以外の男が出来て、その男が、愛情のもつれから殺した場合も考えられるからね」

「他にも、可能性がありますか？」

「今西めぐみは、ＯＬだったね？」

「そうです。佐々木と同じ会社じゃありませんが」

「確か、デパートの広報の仕事をやっていた筈だね？」

「そうです。Nデパートの広報の仕事をやっていました。美人で、文才もあって、才色兼備というやつですよ」

「とすれば、仕事の上の敵も多かったかも知れないよ。昔、男にとって、職場は、戦場といわれたが、今は、女にとっても、職場は、戦場だからね。敵も多いんだ」

「その点も、調べてみます」

と、亀井は、いった。

愛情のもつれにしろ、仕事上のもつれにしろ、その犯人は、今西めぐみの近くにいたことだけは間違いなかった。

従って、捜査は、同じ範囲の聞き込みでいいわけである。

亀井の他に、西本と日下、それに、清水刑事も、この聞き込みに、加わった。

当然、今西めぐみという女性の人間像も、その過程で、少しずつ、はっきりしてきた。

捜査が、進展するので、十津川は、嬉しいのだが、時には、辛いこともある。

被害者の遺族が持っているイメージを、こわしてしまうことが、あるからだった。

今西めぐみの場合も、聞き込みが進むと、少しずつ、彼女のそんな一面が、見えてきた。

佐々木にいわせると、多少、わがままなところはあるが、優《やさ》しく、素敵な女性である。

だが、亀井たちが、聞き込みから戻って来て、報告するのを聞いていると、むしろ、逆ではないかという感じにもなってきたからだった。

「Nデパートでは、広報誌を出しているのですが、今西めぐみは、その雑誌の編集長の仕事をやっていました」

と、亀井は、何冊かの「パインの時代」という雑誌を、十津川の前に、置いた。

グラビアのページが多く、旅行案内や、料理案内、それに、芸能界のエピソードなどものっていて、一見したところ、Nデパートの広報誌には見えない。そこが、現代のPRなのだろう。

今西めぐみは、編集の仕事と同時に、グラビアに、モデルとしても出ていた。

「二十四歳の若さで、彼女は、その雑誌を、委《まか》されていたわけです。才能は、認められていましたが、評判はよくなかったようです」

「なぜだい？」

「生意気だからだと、いっていますね」

「二十四歳なら、多少、生意気にもなるんじゃないかね？」

「それが、どうも、彼女のやり方に、問題があったようなんです」

「どんな具合にだね？」

「Nデパートの広報誌ですから、デパート側の重役の意向によって、編集長が、交代したり、予算が、削られたりします」

「彼女は、その重役に、取り入ったのか？」

「Nデパートは、同族会社で、社長の弟の小田誠二郎という五十歳の販売部長が、『パインの時代』の責任者になっています。今西めぐみは、この小田誠二郎に取り入って、編集長にして貰ったと、いわれているんです」

「本当なのかね？」

「嘘とも思えません。入社して、二年目の去年、それまでの編集長が、これは、三十五歳の男性ですが、突然、飛ばされて、彼女が抜擢《ばってき》されています。この人事は、販売部長の小田誠二郎が、行ったものです」

「飛ばされた元の編集長は、今、どこにいるんだ？」

「水戸に、Nデパートの水戸店がありますが、そこで、在庫係をやっています。完全な左遷だそうです」

「水戸ねえ」

十津川が、呟《つぶや》くと、亀井が、

「そうなんです。今西めぐみが殺されていた『ひたち』は、水戸を通っています」

「名前は？」

「池島弘です。念のために、写真と、経歴を、持って来ました」

と、亀井は、いい、一枚の写真と、経歴のメモを、見せた。

中年の、平凡だが、やや、暗い感じの男の顔だった。

大学の英文科を卒業したあと、K出版に入り、七年間勤めたあと、Nデパートの広報係になった。ここで、宣伝の仕事をしている中に、広報誌「パインの時代」が、発刊されることになって、編集長になった。

左遷されるまで、五年間、編集長の椅子にいたわけである。

「この雑誌は、市販されているのかね？」

と、十津川は、きいた。

「売っています」

「売れ行きの方は？」

「公称三十万部。実際にも、二十二、三万部は、出ているようです」

「その売れ行きが悪くなって、編集長が、飛ばされたということは、ないのかね？」

「池島弘が、編集長を辞めさせられた時、一番、発行部数が多いんです」

と、亀井が、いった。

西本刑事が、それに続いて、

「こんなことも、聞きました。編集長の交代のあった頃ですが、編集長の池島と、入ったばかりの今西めぐみが、大ゲンカをしたというのです。現在、十二人の編集員がいるんですが、彼等の話では、今西めぐみが、少しばかり、生意気なので、注意したところ、彼女が、反撥《はんぱつ》してケンカになったというのです」

「それで？」

「池島が、怒って、お前のような女は、必要ないから、やめて貰うといい、小田部長のところへ、話しに行ったそうです。彼女を馘《くび》にするか、他の部署へ移してくれと、いったんです。編集員の誰もが、今西めぐみが、追い出されるだろうと思っていたら、突然、池島が、水戸店に飛ばされ、今西めぐみが、編集長に、抜擢されたというのです」

「それで、彼女と、小田部長との関係が、噂《うわさ》になったというわけだね？」

「そうなんです。彼女が、小田部長と、ホテルに入るのを見たといった、まことしやかな噂も、当時、流れたといいます」

「しかし、部下の編集員から、そんな眼で見られていたら、今西めぐみは、仕事が、やりにくかったんじゃないのかね？　反抗する編集員だって、いるだろうから」

「そのことですが」と、日下刑事が、いった。

「彼女が、編集長になった当初は、彼女をバカにしたり、反撥したりする編集者が、何人かいたそうです。ところが、そうした連中は、突然、部長命令で、地方の支店に飛ばされたといいます。それで、怖くなって、今西めぐみのいうことを聞くようになったそうです」

「それでは、水戸へ行って、池島弘に、会ってみるかね？」

と、十津川は、亀井にいった。

二人は、常磐線の「ひたち」で、水戸に向った。

Nデパートの水戸店は、駅前にあったが、池島の働いている在庫係は、そこから遠く離れた郊外にあった。

プレハブ作りの倉庫である。実際に行ってみると、デパートの華やかさはなく、いかにも、左遷された感じがした。

池島は、そこで、帳簿をつけていた。雑誌の編集長をやっていた男にしてみれば、つまらない仕事だろう。

池島は、結婚しているが、子供はいない。

彼は、十津川たちが来ることを、予想していたらしく、

「今西めぐみ君のことで、来られたんでしょう」

と、彼の方からいった。

十津川は、池島を、近くの公園に誘ってから、

「五月十日には、東京に行かれましたか?」

と、まず、きいた。

「ああ、彼女が、殺された日ですね。間違いなく、東京に行きましたよ。本店に、連絡に行く日だからです。しかし、あの列車には乗っていません」

「では、何時の列車に、乗られたんですか?」

「一七時一五分水戸発のスーパーひたちです。この列車は、水戸から上野まで、ノン・ストップなので、早く着いて楽なんですよ。といっても、問題の列車より先には、着きませんが」

と、いって、池島は、笑った。

「その列車が、上野に着くのは、何時ですか?」

「確か一八時二五分です」

「その時間でも、本店との連絡は、出来るんですか?」

「Nデパートは、午後七時までやっています。連絡会議は、そのあとで開かれますから、間に合うんです」

と、池島は、いった。

「スーパーひたちに乗ったという証拠は、ありますか？」

と、亀井が、きくと、池島は、肩をすくめて、

「そんなものは、あるわけがないでしょう。とにかく、一七時一五分発のスーパーひたちに乗ったんです。そして、五月十日、本店の連絡会議に、ちゃんと出席していますよ」

「こちらの職場を出たのは、何時ですか？」

「午後四時です」

「少し、早いですね」

「しかし、水戸駅まで、遠いですからね。バスで行くから、時間が、かかるんです」

と、池島は、いった。

「あなたは、死んだ今西めぐみに、広報誌編集長の地位を追われて、ここへ来たわけですね？」

十津川が、いうと、池島は、ぴくりと、こめかみを、けいれんさせて、

「お調べになったのなら、おわかりでしょう。あんな女のことは、もう忘れたい

んですよ」

「憎んでいましたか？」

と、亀井が、きいた。

「ええ、憎んでいましたよ。才能があって、編集長になったのなら、僕だって、甘んじて、編集長を追われますよ。ところが、そうじゃなかった。力を持っている小田部長に甘えて、僕を、左遷させたんです」

池島は、明らかに、憎しみを籠《こ》めたいい方をした。

「すると、彼女と、小田販売部長とは、関係があったと思われるんですね」

「事実ですよ」

池島は、きっぱりと、いった。

十津川は、「ほう」と声をあげた。

「二人の関係を調べたんですか？」

「もう、そんなことはいいじゃありませんか」

「彼女は、どんな女性でした？」

と、十津川が、きくと、池島は、ちょっと考えていたが、

「そうですね。確かに、頭はいいし、美人だから、目立ちましたよ。しかし、ひどいわがままでね。甘やかされて育ったのかも知れませんが、自分の主張が通らないと、すぐ、腹を立ててました」

「それで、あなたに叱《しか》られた時、彼女は部長に取り入って、あなたを、追い出したというわけですか？」

「そうです」

「小田部長というのは、そんなに、女に甘いんですか？」

と、亀井が、きいた。

「僕の口からはいえませんが、いろいろと噂のある人です」

と、池島は、いった。

「あなたは、ビールがお好きですか？」

最後に十津川が、きくと、池島は、急に、狼狽《ろうばい》の色を見せ、

「僕は、ビールは嫌いです」

と、いった。

4

最後の返事は、明らかに、嘘だった。

亀井たちが、調べたところでは、池島が、よく、ビールを飲んでいたことが、わかっていたからである。

明らかに、池島は、ビールという言葉に、アレルギーを起こしたのだ。

理由は、一つしか考えられなかった。

彼が、缶ビールに、青酸を混入させて、今西めぐみに飲ませようとしたが、失敗し、仕方なく、首を締めて殺したからではないかということだった。

「あの男は、クロですよ」

と、亀井は、帰りの道で、断定した。

「しかし、彼は、一七時一五分水戸発のスーパーひたちに乗ったといっている。問題の列車より、三十五分もおそく出る列車なんだ」

「嘘に決っていますよ。五月十日、あの男は、例のひたち１２４号に乗ったに決っていますよ。今西めぐみを、同じ列車に呼びつけておいて、殺したんです」

と、亀井が、いった。

「しかし、それを証明するのは、難しいよ、カメさん」

「そうですね。スーパーひたちに、乗っていたことを証明するのも難しいですが、乗っていないことを証明するのも、難しいですからね」

「動機だけでは、逮捕は出来ないからねえ」

「一七時一五分のスーパーひたちには乗っていないという証明が難しいとなると、問題のひたちの方に、池島が乗っていたことを証明するより仕方がありませんね」

「それで、西本刑事たちに、問題のひたちに、十日に勤務していた車掌に、話を聞きに行かせているんだ。池島のことを、覚えていないかと思ってね」

「彼の顔写真を、持ってですね？」

「そうだよ」

「車掌が、覚えていてくれると、いいですがねえ」

と、亀井が、いった。

東京に戻り、捜査本部のある上野署に着くと、西本が、

「駄目でした」

と、十津川に、報告した。

「車掌が、覚えていなかったのか？」

「そうです。池島の顔は、記憶にないというのです。平凡な顔ですから、印象がうすかったとは、思うのですが」

と、西本は、残念そうに、いった。

池島が、犯人とすると、他にも、青酸の入手方法の解明ということがあった。

実際には、首を締めて殺したのだが、青酸入りの缶ビールが、現場にあった以上、その入手経路を、解明する必要がある。

それが、なかなかうまくいかなかった。

池島は、現在、Nデパート水戸店の在庫係だが、いくらデパートでも、青酸は置いてないのだ。

翌日になると、他にも、難問が、出てきた。

「犯人は、佐々木ですよ」

と、日下と、清水の二人が、いい出したのである。

「池島じゃないというのかね？」

十津川は、その理由をきいた。

日下が、メモを見ながら、

「佐々木は、明らかに、嘘をついているからです」

「どんな嘘だね？」

「佐々木は、やまびこ124号に乗って、一八時〇九分に、上野に着いたと、いっています。これが、事実なら、絶対に、ひたち124号の車内で、今西めぐみは、殺せません」

「その通りだよ」

「しかし、この列車には、乗ってなかったんじゃないかと、思うんです」

と、日下は、いった。

「その理由は、何だね？」

「彼は、やまびこ124号に乗ってすぐ、西国分寺の今西めぐみに、電話したと、いっています。一六時二〇分頃にです」

「そうだよ」

「その時、彼女は、まだ、マンションにいて、これから、中央線に乗るといったと、証言しています」

「それが、まずいのかね？」

「もし、これが事実とすると、今西めぐみは、ひたち124号に、乗れないことになってしまうんですよ」

「本当かね？」

十津川は、びっくりして、日下に、きいた。

「私は、現在、三鷹から、中央線で、通って来ています」

と、日下は、いった。

「それで、中央線のことは、くわしいわけだね？」

「くわしいというほどのものじゃありませんが、今西めぐみが、東京近郊区間の切符を持って死んでいたということなので、調べてみたんです」

「前置きはいいから、早く、結論をいいたまえ」

と、亀井が、催促した。

「黒板を、貸して下さい」

と、日下はいい、それに、中央線の図を、簡単に、描いた。

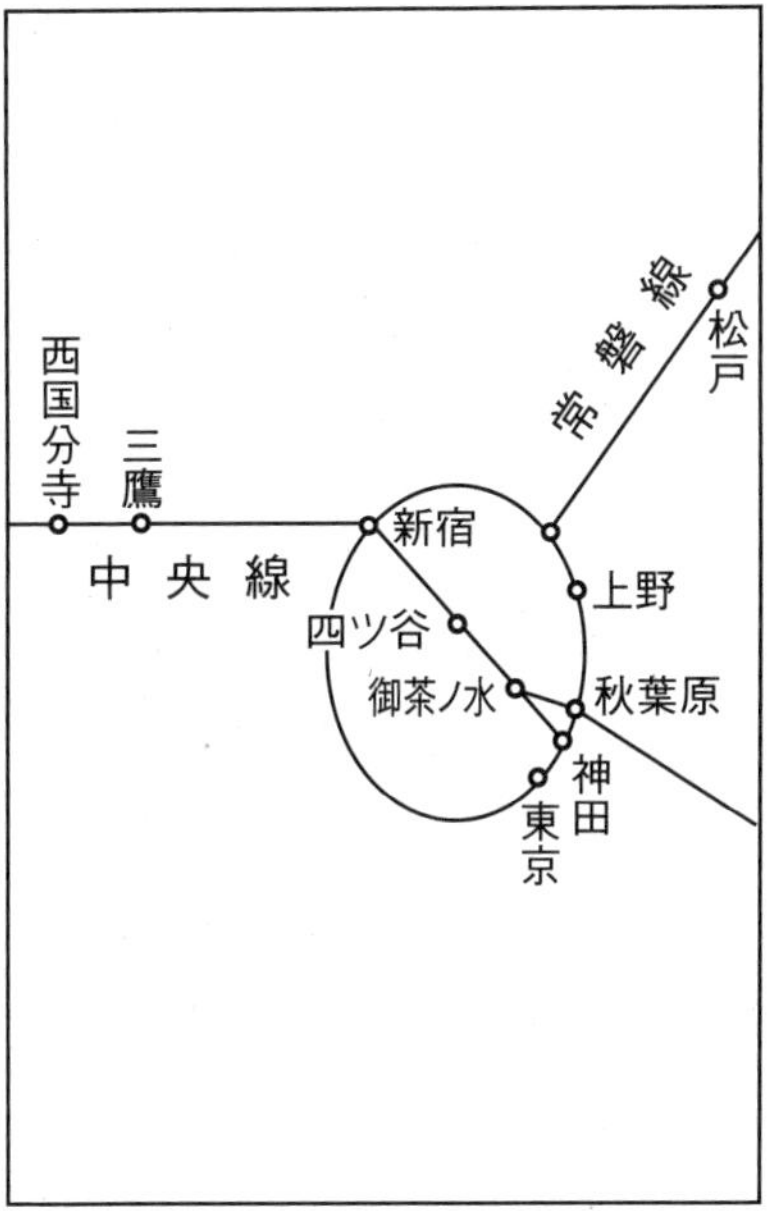

「佐々木の言葉を信じると、今西めぐみは、一六時三〇分頃の中央線に、乗った

ことになります」

と、日下は、線をなぞるようにしながら、説明した。

十津川は、黙って、日下の説明を、聞くことにした。

「西国分寺からは、中央快速に、乗ったと思います。これで、上野へ行くのなら、神田で、山手線なり、京浜東北線に、乗りかえればいいわけです。或いは、新宿で乗りかえて、山手線でも構いません。東京まで行って、乗りかえても、上野には、一八時〇九分前に着いて、佐々木を、出迎えることが、出来ます。西国分寺（一六時三〇分）→東京（一七時二〇分）→上野（一七時二九分）、これは、東京駅での乗りかえの時間を入れていませんが、それに、十二、三分かかっても、一八時〇九分には、ゆっくり間に合います」

「そこまでは、わかったよ」

「次は、一六時三〇分頃、西国分寺から、中央快速に乗って、果して、ひたち１２４号に、乗れるかどうかです」

「別に、始発の勝田や、水戸から乗らなくても、もっと、上野に近い駅で、乗ればいいんだろう？」

「そうです。ひたち124号は、上野の前は松戸に、停車します。従って、松戸で、乗れればいいわけです。この列車の松戸発は、一七時四七分です。この時刻までに、今西めぐみが、果して、松戸へ行けるかどうかです」

「出来るのか？」

「今西めぐみは、一七時四七分より前に、松戸へ着いている必要があります。松戸へ行くには、やはり、上野から、常磐線ということになります。どんな列車があるか、考えると、次の列車です」

と、日下は、いい、黒板に、

上野（一七時二三分）↓松戸（一七時四二分）

と、書いた。

「これよりあとの列車では、間に合いません。となると、上野に、一七時二三分までに、着かなければならないわけです」

「上野一七時二三分ねえ」

「東京駅まで、中央快速で行ってしまうと、今もいいましたように、東京駅着が、一七時二〇分頃になります。となると、東京駅から、三分間で、上野まで行かなければならないのです。電車に乗っているだけでも、九分かかりますから、とうてい無理です」

「秋葉原経由なら、どうなんだ？」

と、亀井が、きいた。

「中央快速を、御茶ノ水で乗りかえて、秋葉原に出たとします。秋葉原に着くのは、東京と同じ、一七時二〇分頃です。秋葉原―上野は、三分ですから、数字的には、ぴったりですが、これでは、乗りかえに、一分も使えません」

「つまり、ひたち124号には、乗れないということか？」

「そうです」

「しかし、彼女は、ひたち124号に乗っていたし、車内で殺されているんだよ」

「ですから、佐々木の証言は嘘だと思うんです。今西めぐみは、もっと早く、中央線に乗った筈です。ひたち124号に、乗れるようにです」

「佐々木は、なぜ、そんな嘘をついたんだろう？」

「彼は、やまびこ124号に乗って、上野に一八時〇九分に着いたといっていま す。これが本当なら、彼は、ひたち124号に、乗れません。容疑圏外に、いら れるわけです。それに、真実味を持たせるために、仙台で乗ってから、西国分寺 の今西めぐみに、電話したと、いったんでしょう。いかにも、もっともらしく、 やまびこ124号に、乗っていたことの証明になると、思ったに違いありませ ん」

「君は、佐々木が、犯人だと思うわけだね？」

と、十津川は、きいた。

「犯人でなければ、嘘はつきません」

と、日下は、いった。

「犯人とすると、どういうことになると、思っているのかね？」

十津川が、きく。

「佐々木は、今西めぐみを、殺したいと考えました。一番大事なのは、アリバイ 作りです。自分は一八時〇九分上野着のやまびこに乗っていることにして、ひたち124号の車内で、今西めぐみを殺せば、アリバイは成立すると、考えたに違いありません。そこで、佐々木は、今西めぐみを、ひたち124号に、乗るように、すすめ、その車内で殺しておいて、上野で降りると、自分は、あたかも、やまびこ124号で、仙台から来たように、見せかけたわけです。この新幹線に乗っていた証拠として、乗ってすぐ、西国分寺の今西めぐみに、電話したと、われわれに、いったわけです。ところが、やまびこ124号に乗ったとすると、仙台発が一六時〇四分ですから、どうしても、一六時二〇分頃の電話ということになってしまいます。それでもいいと思ったんでしょうが、それでは、今西めぐみが、ひたち124号に、乗れなくなってしまうことに、気がつかなかったのです」

「では、佐々木は、実際には、どの列車に乗って来たと思うのかね？」

「彼も、ひたち124号に、乗ったわけですから、仙台から上野に着き、上野から、松戸へ行き、そこで、ひたち124号に乗り込むだけの余裕が必要です。それを時刻表でみると、一五時〇〇分仙台発のやまびこ120号だと、思うのです。これに乗ると、上野着は一七時〇〇分です。これなら、一七時二三分発の常磐線の快速に乗れます。さっき、いったように、一七時四二分に松戸に着き、ひたち

124号に乗れるわけです」

「カメさんは、どう思うね？」

と、十津川は、亀井を見た。

「私も、もう一度、佐々木という男を、調べ直してみる必要があると、思いますね」

と、亀井も、いった。

5

十津川は、西本と日下に、佐々木を、連れて来させた。

「もう一度、確認しますが、五月十日、仙台発一六時〇四分発のやまびこ124号に、乗って、上京したわけですね？」

と、十津川が、きくと、佐々木は、むっとした顔になって、

「まるで僕が、嘘をついているみたいないい方じゃありませんか」

「いや、ただ、確認しているだけです。何しろ、あなたの恋人の今西めぐみさん

が、殺されていますからね」

「僕が、殺したとでも、いうんですか？」

「ただ、事実を確認したいだけだと、申しあげましたよ」

「やまびこ１２４号に乗って、一八時〇九分に、上野に着いたんです」

「列車に乗って、すぐ、西国分寺の今西めぐみさんに、電話をかけたんでしたね？」

「そうですよ。一六時二〇分頃にね」

「その時、彼女は、これから、駅へ行き、中央線に乗って、上野へ迎えに行くと、いったんでしたね？」

「ええ。そうです」

「すると、彼女は、一六時三〇分頃の中央線に、乗ったことになりますね？」

「そうですよ」

「しかし、彼女は、ひたち１２４号の車内で殺された」

「なぜ、そんなことになったか、全く、わからないんです。上野駅の19番ホームまで、迎えに来ると、いっていたんです。なぜ、気が変って、ひたち１２４号なんかに、乗ってしまったのか――」

「それが、不思議ですか？」

「ええ」

「われわれに不思議なのは、あなたのいう通りだと、今西めぐみさんは、ひたち124号には、乗れないということなんですよ」

と、十津川は、いった。

「どういうことか、わかりませんが」

佐々木は、当惑した表情で、十津川を見た。

「つまり、あなたが、嘘をついているということですよ」

「嘘なんか、ついていませんよ」

「一六時二〇分頃、電話したんでしょう？」

「そうです」

「彼女は、すぐ、駅へ行くと、いったんでしょう？」

「ええ。事実ですよ」

「とすると、一六時三〇分頃の電車にしか、彼女は、乗れないんですよ」

「それじゃ、いけないんですか？」

「これを見て下さい」

と、十津川は、日下の描いた図を見せた。

「つまり、今西めぐみが、一六時三〇分頃の中央快速に、西国分寺から乗ると、どうしても、常磐線のひたち124号には、乗れないんです。それなのに、実際には、彼女は、この列車の中で、殺されていたんですよ」

と、十津川は、いった。

佐々木は、じっと、図を見ていたが、頭を振って、

「僕には、わかりません」

「わからないことはないだろう？　君が、嘘をついているということなんだよ」

と、亀井が、いった。

佐々木は、青い顔になって、

「僕は、嘘はついていませんよ」

「しかし、君のいう通りだと、今西めぐみは、ひたち124号には、乗れないんだよ」

と、亀井は、叱りつけるように、いった。

「そんなこと、知りませんよ」

「君も、ひたち124号に乗って、彼女を殺したんじゃないのかね？　そうしておいて、やまびこ124号の車内から、彼女に、電話したなどと、でたらめを、いってるんじゃないのか？」

「違いますよ。ちゃんと電話しましたよ。新幹線の電話は、記録されるんじゃありませんか。それを調べて貰えばわかりますよ」

と、佐々木は、むきになって、いった。

亀井は、そんな佐々木に向って、冷たく、

「電話なんて、誰かに頼んでかけさせればいいんだ。君がかけたという証拠には、ならんさ」

「信じてくれないんですか？」

「信じられませんね」

と、十津川も、いった。

「僕には、彼女を殺す理由がありませんよ。愛していたんです」

と、佐々木は、必死の顔で、いった。

「動機は、嫉妬《しっと》だよ」

「なぜ、僕が、嫉妬しなきゃいけないんですか」

「われわれは今西めぐみのことを、調べました」

と、十津川は、いった。

「それで、君以外に、男がいることが、わかったんだよ」

と、亀井が、いった。

「他に、男がですって？」

「そうです。Nデパートの販売部長ですよ。よく知っているでしょう？　彼女は、Nデパートで出している広報誌の編集長を、やっていたんだから」

「雑誌をやっているのは、もちろん、知っていましたよ。しかし、販売部長のことなんか、聞いていませんよ」

と、佐々木は、いった。

「販売部長と、彼女が、関係があったといわれているんです」

「そんなのは、嘘だ！」

と、佐々木が、叫んだ。

「君は、それを嫉妬して、彼女を、ひたち124号の中で、殺したんだよ。一七時から、一八時までの間にだ」

亀井が、いうと、佐々木は、

「その時間には、僕は仙台から上野へ行く、やまびこ124号に、乗っていましたよ」

「それを、証明できるのかね？」

「だから、乗ってすぐ、彼女に電話しましたよ。やまびこ124号の車内からです」

「また、振り出しだよ。それが、間違っていることは、もう、いったじゃないか。君は、嘘をついてるんだ。なぜ、嘘をつくかといえば、君は、やまびこ124号に乗ったんじゃなくて、もっと早い新幹線に乗ってきて、ひたち124号の車内で、今西めぐみを、殺したんだよ」

亀井は、決めつけた。

「どうしたら、僕のいうことを、信じてくれるんですか？」

と、佐々木は、かすれた声で、きいた。

「証拠があれば、信じますよ。やまびこ124号に乗ったという証拠です。車掌と、話をしたとか、車内で、知人に会ったということですよ」

十津川が、いった。

佐々木は、じっと、考え込んでいたが、「駄目だ」と、呟いた。

「車掌と話もしなかったし、知っている人間にも、会っていません」

「それじゃあ、話にならないね」

と、亀井が、突き放すように、いった。

6

佐々木は、その日、捜査本部のある上野署に留められた。

そうしておいて、捜査会議が、開かれた。

佐々木を、殺人容疑で、逮捕するかどうかを決めるためのものだった。

「今西めぐみと、Nデパートの小田部長との関係というのは、本当に、あったのかね？」

　と、会議の席で、三上部長が、きいた。

「雑誌『パインの時代』の連中は、全員が、二人の間に関係があったと、いっていますから、まず、間違いないと思います」

　十津川が、いった。

「すると、動機は、嫉妬かね？」

「そう思います」

「動機があり、また、嘘をついていることが、はっきりしているのなら、佐々木を、殺人容疑で、逮捕して、いいんじゃないのかね？」

　と、三上は、いった。

「問題がないわけでは、ないんです」

　十津川が、慎重ないい方をした。

「どんな問題だね？」

　と、三上部長が、きく。

「第一は、佐々木が犯人だとすると、なぜ、常磐線のひたち１２４号を、殺人の舞台にしたのかという疑問がわいてきます」

と、十津川が、いった。

「その点、佐々木を嘘つきだと決めつけた日下刑事は、どう考えるんだ？」

三上は若い日下刑事を、見た。

「佐々木は、仙台に住んでいて、東北新幹線で上京して来ます。他の列車で、殺すとすると、同じ方向に走っている列車を、使うしかありません。とすると、東北本線か、常磐線ということになるんじゃありませんか」

と、日下は、いった。

「この考えはどうだね？」

三上は十津川を見た。

「悪くはありません」

「他に君の持つ疑問は、何だね？」

「青酸入りの缶ビールのことです。犯人は、今西めぐみが、ビールを飲まないのを知らずに、青酸入りの缶ビールを用意した。ところが、相手が飲まないので、仕方なく、首を締めて殺したことになっています。恋人の佐々木なら、それを知らないというのは、考えられないんですが」

と、十津川は、いった。

今度は、三上が黙って、日下に眼をやった。

日下は、しばらく、考えていたが、

「今西めぐみが、ビールは飲まないといったのは、佐々木です。恋人の証言だから、簡単に信じましたが、本当は、彼女、ビールが好きなんじゃありませんか。だから、佐々木は青酸入りの缶ビールを用意して、彼女に飲ませようとしたんじゃないか。ところが、彼女が、怪しんで、飲まなかった。そこで、止《や》むなく、首を締めて殺したと考えれば、納得できると、思いますが」

と、いった。

「なかなか、面白い推理じゃないか」

三上部長は、笑顔でいい、十津川の感想を求めた。

十津川は、一応、肯《うなず》いたが、あくまで、慎重に、

「ビールの件は、もう少し調べてみます」

と、いった。

結局、結論は、出なかった。

十津川は、果して、今西めぐみが、ビールが嫌いだったかどうか、調べることにして、亀井と、彼女のマンションに、向った。

「日下君の推理は、確かに、面白いですよ」

と、パトカーの中で、亀井が、十津川に、いった。

「面白いことは、私も認めるよ」

「今西めぐみが、もし、本当はビール好きとわかったら、警部も、佐々木犯人説に、同意されますか?」

「ああ、同意するよ」

と、十津川は、いった。

二人は、今西めぐみのマンションに着くと、まず、部屋に入って、キッチンの冷蔵庫を調べた。

缶ビールは、一本も、入っていなかった。

缶ビールの空缶も、見つからない。

次に、近くの酒店で、今西めぐみの写真を見せ、ビールを買いに来たかどうか、聞いてみた。

返事はノーだった。今西めぐみは、少なくとも、よくビールを買う客ではなかったのだ。

マンションの他の住人にも、当ってみた。が、答えは同じだった。

最後に、十津川たちは、「パインの時代」の編集部に、行った。

何かのパーティの時、今西めぐみが、ビールを飲んだかどうか、きくためである。

「編集長は、酒は、飲めなかったね」

「ビールでも、苦《にが》いといって、飲まなかったね」

「せいぜい、カンパリソーダを飲むくらいだったね」

と、いった返事が、戻って来た。

「どうやら、ビールを飲まない女だったようですね」

と、亀井が、考える顔で、十津川に、いった。

「そうらしいね」

「すると、どうなるんですか？」

「何がだい？　カメさん」

「佐々木が犯人とすると、青酸入りの缶ビールが、おかしなことになってしまいます」

「それなら、佐々木は、犯人じゃないことになってくるんじゃないかね」

と、十津川は、いった。

「しかし、佐々木が、犯人じゃないとすると、いったい、誰が、今西めぐみを、殺したことになりますか？」

と、亀井が、きいた。

「二人いるよ。今西めぐみと関係があったといわれるNデパートの小田販売部長と、彼女のせいで、水戸店に左遷された池島弘だ」

「なるほど。この二人なら、確かに動機がありますね」

と、亀井は、肯いた。

「帰って、検討しよう」

と、十津川は、いった。

この日、捜査本部は、激論になった。

十津川は、佐々木は、犯人ではなく、小田誠二郎か、池島弘のどちらかが、犯人だと思うと、いった。

「そのどちらだね？」

と、三上にきかれて、十津川は、

「恐らく、池島弘と思います。彼は、水戸に住んでいて、事件の日も、ひたち124号ではないが、そのあとのひたちで、上京したと、いっています」

「日下刑事は、どう思うね？　遠慮なく、いってみたまえ」

と、三上は、日下に、いった。

「二つ、疑問があります。一つは、缶ビールの件です。同じ広報誌にいたわけですから、池島も、今西めぐみがビールは飲まないことは、当然、知っていた筈です。もう一つは、もし、佐々木が、シロとすると、彼のいったことは、嘘ではなく、本当のことになります。そうなると、めぐみは、ひたち124号に、乗れなくなってしまいますが」

「その通りだよ。十津川君の反論を、聞きたいね」

と、三上は、また、十津川に、眼を向けた。

十津川は、微笑して、

「日下刑事の疑問は、二つとも、当然だと、思います。缶ビールの件は、正直にいって、わかりません。佐々木がシロなら、当然、彼の証言も正しいと、考えざるを得ません。シロの佐々木が、嘘をつく必要は、ありませんから」

「しかし、十津川君。佐々木のいっていることが、本当なら、今西めぐみは、ひたち124号に、乗れなくなるんじゃないのかね？」

「そうです」

「しかし、現実には、彼女は、ひたち124号の車内で、殺されているんだよ」

「わかっています」

「それを、どう解釈するのかね？」

「二つの解釈の方法があります。佐々木が、電話した時間について、思い違いをしているのか、或いは、物理的に不可能に見えながら、何らかの方法を使えば、ひたち124号に乗るのが可能だということです」

「どんな方法でかね？」

「まだ、わかりません」

「それに、缶ビールの謎も不明では、小田誠二郎にしろ、池島弘にしろ、逮捕は、出来ないだろう？」

と、三上部長は、顔をしかめて、いった。

「もちろん、全《すべ》てを解明してから、逮捕状を、請求するつもりです」

「その間、佐々木は、どうするのかね？」

「釈放して下さい。今のままでは、彼を、起訴することも出来ませんから」

と、十津川は、いった。

7

佐々木を釈放するに当って、十津川は、もう一度、証言を求めた。

佐々木の証言は、変らなかった。一六時〇四分に、仙台を出るやまびこ124号に乗り、二〇分頃に、西国分寺の今西めぐみに、電話をかけ、彼女は、すぐ、中央線に乗るといった。彼女は、上野駅の19番ホームに迎えに来てくれるというので、それを楽しみにしていたが、一八時〇九分に、列車が、上野駅に着いたが、ホームに、彼女はいなかった。

佐々木の証言は、この通りで、全く、変らなかった。

十津川は、それを聞いたあと、佐々木を釈放した。

そのあと、亀井に向って、

「西国分寺に行ってみないかね」

「実際に、中央線に、乗ってみますか」

「時間も、丁度いい。今から行けば、一六時三〇分頃の中央快速に乗れる筈だ」

と、十津川は、いった。

二人は、上野から、東京駅に出て、中央快速に乗って、西国分寺に向った。

西国分寺では、いったん、改札を出て、駅近くの今西めぐみのマンションまで、歩いて行った。

一六時二〇分まで、マンションの前にいて、二〇分を過ぎたところで、駅に向って、歩き出した。

駅の傍《そば》なので、七分ほどで、駅に着いた。

今西めぐみは、東京駅までの近郊区間切符を持っていたので、二人とも、同じ

切符を買って、改札を通ったのだが、

「中央線は、確か、橙色《だいだい》の車体だったね？」

と、突然、十津川が、きいた。

「そうですが」

「向うにも、同じ色の電車が、とまっているよ」

十津川が指さしたホームに、橙色の車体の電車が、とまっているのが、見えた。

「しかし、あれは、中央線じゃありませんよ」

「じゃあ、何線なんだ？」

「武蔵野線と、表示してありますが――」

と、亀井が、表示板を見て、いった。

二人とも、列車の色までは気にしていなかったので、自信のない喋《しゃべ》り方になってしまう。

十津川は、あわてて、立ち止まったまま、時刻表を広げた。中央線と同じ色の車体の電車がとまっていることが、どうしても、気になったからだった。

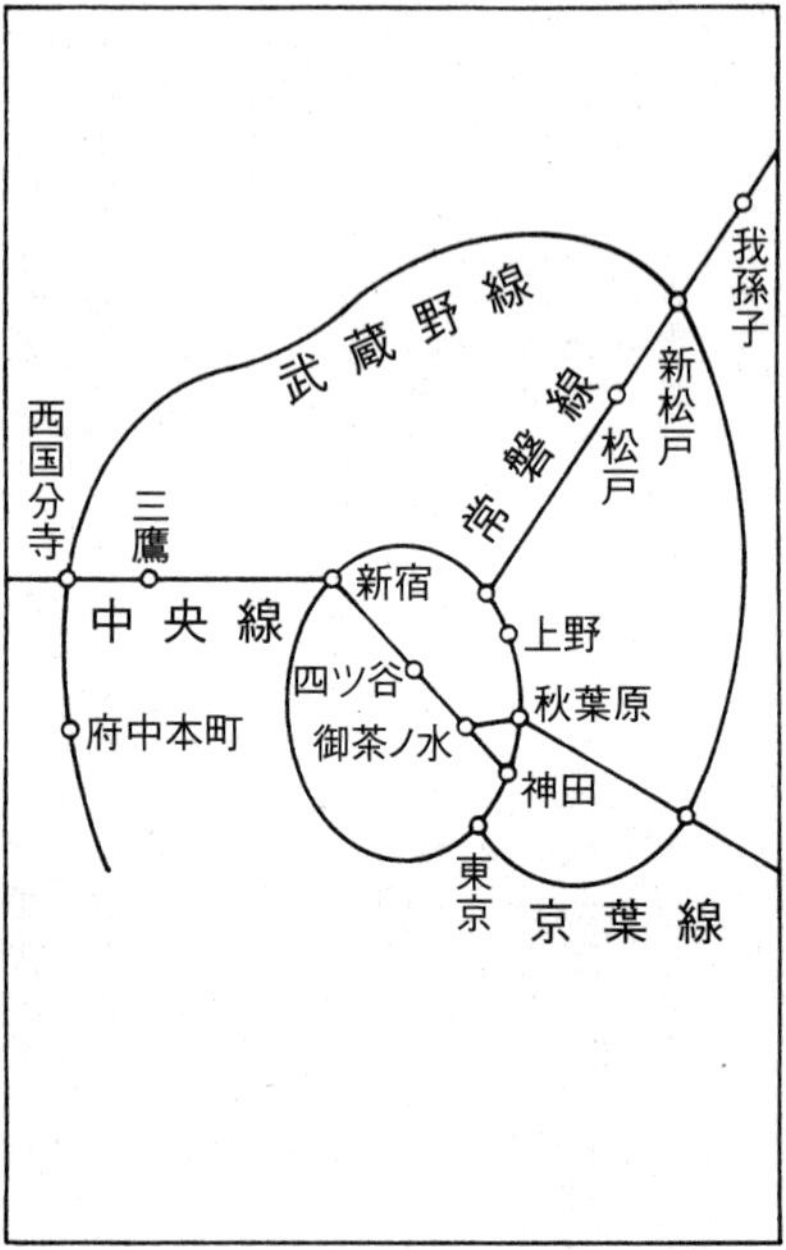

「これを見ると、中央線を利用しなくても、武蔵野線でも、都心に行けるんだよ」

「そういえば、武蔵野線と、京葉線がつながって、東京行の電車が走ることになったと、何かに出ていましたね」

「とすると、この西国分寺で、東京行の電車といっても、中央線とは、限らないんだ。武蔵野線の京葉線経由の東京行ということもあり得るんだ」

「しかも、車体の色も、同じです」

「それに、この図を見てくれ。武蔵野線の東京行に乗れば、常磐線の新松戸を通るじゃないか。問題の松戸の近くだ」

と、十津川は、いった。

二人が、喋っている間に、中央線の電車は、出てしまった。

「今西めぐみは、あの日、中央線じゃなくて、武蔵野線に乗ったのかも知れないぞ」

と、十津川は、いい、武蔵野線のホームに向った。

その推理が、当っているかどうかわからないが、中央線に乗ったのでは、間に合わないことは、はっきりしているのだ。

一六時三四分の東京行の電車に、乗ることが出来た。

あとは、果して、これで、ひたち１２４号に、乗れるかどうかである。

武蔵野線は、東所沢―西浦和―東浦和―東川口と、埼玉県を走り抜けて、新松戸に着いた。

一七時二九分着だった。

だが、ひたち124号は、新松戸には、停車しない。松戸まで行かなければならないのだ。

「適当な電車が、ありますかね?」

と、亀井が、いった。

「ある筈だよ。とにかく、常磐線のホームへ行ってみよう」

と、十津川は、いった。

ホームに着くと、「ああ」と、亀井が、声をあげて、

「地下鉄の千代田線が、常磐線と、相互乗入れをやっているんですよ。この先の取手までです。書いてあります」

と、いった。

その千代田線の電車が、入って来た。

二人は、それに、飛び乗った。

松戸には、一七時四五分に着いた。

「間に合いましたね」

と、亀井が、笑顔で、いった。

8

二人は、一七時四七分松戸発のひたち124号に乗って、上野に戻った。

上野着一八時〇五分。

十津川は、この結果を、本部長の三上に、報告した。

「佐々木が、本当のことをいっていたのは、わかったが、疑問はいっぱい残るねえ」

と、三上は、いった。

「どんなことですか？」

「缶ビールの件は、片付かないし、今西めぐみは、なぜ、わざわざ、そんな面倒なことをして、ひたち124号に、乗ったのかね？」

「犯人に、会うためです」

「池島弘のことかね？」

「そうです」

「彼に、呼び出されたのか？」

「かも知れません」

と、十津川は、いった。

三上は、変な顔をして、

「かも知れません？」

「ええ」

「どういうことだね？」

「カメさんと、武蔵野線を使って、新松戸から松戸へ行き、ひたち124号に乗って、上野へ戻ってくる間に、われわれの考えは、根本で間違っていたのではないかと、思うようになったのです」

と、十津川は、いった。

「佐々木犯人説から、彼はシロになったんだから、根本的に、変ったとは、思うがねえ」

「そうじゃありません」

と、十津川は、いった。

「どう違うんだ？」

「今度の事件で、気になったことを、今、書いてみます」

と、十津川は、いい、それを、黒板に、書き並べた。

○青酸入り缶ビール
○東京近郊区間の切符
○ひたち１２４号上野着一八時〇五分
○やまびこ１２４号上野着一八時〇九分

「青酸入り缶ビールが、気になるのはわかるが、他の三つは、なぜ、気になるのかね？」

と、三上が、首をかしげた。

「今西めぐみは、武蔵野線経由で、ひたち１２４号に、乗り込みました。それなのに、なぜ、東京近郊区間の切符しか持っていなかったのか、それが、まず、わかりません。次の二つの列車の上野着の時刻が、一八時〇五分と、一八時〇九分で、近接しています」

「それが、どうかしたのかね？」

「四分しか違っていません」

「わかってるよ。それが、何か意味があるのかね？」

と、三上が、きいた。

「私は、佐々木の証言を、思い出したんです。今西めぐみに、電話した時、彼女は、上野駅のホームに、迎えに行くといったと、いっていました。もし、彼女が、殺されなかったら、ひたち124号は、一八時〇五分に、上野駅の17番ホームに着くわけですから、彼女は、おりて、新幹線ホームに、駈《か》けつけられたわけです。新幹線の方は、地下四階ですから、四分で行けないかも知れませんが、佐々木が、ホームで、二、三分待てば、会えたわけです」

「しかし、彼女は、殺されてしまったんだよ」

と、三上は、いった。

「わかっています。彼女は、一六時二〇分頃佐々木からの電話に対して、今もいいましたように、上野駅の19番ホームに、迎えに行くと、いっています。その時、彼女が、武蔵野線経由で、松戸から、ひたち124号に乗ることを考えていたとすれば、一八時〇五分と、一八時〇九分という二つの時刻が、頭にあったんだと、思わざるを得ません」

と、十津川は、いった。

三上は、ちょっと考えていたが、急に、ニヤッと笑って、

「君のいいたいことが、わかったよ。つまり、彼女は、池島弘に、呼び出されていた。それで、池島が、水戸から乗ってくるひたち124号の車内で会うと、約束した。しかし、恋人の佐々木には、他の男と会うことは、知られたくなかった。そこで、ちょっとしたトリックを、考えたというわけだ。一六時三〇分頃、西国分寺駅を出発しても、武蔵野線を使えば、ひたち124号に乗れる。車内で、池島と、話をつけ、何くわぬ顔で、上野に降りる。君のいう通り、佐々木の乗ったやまびこ124号が着くのが、四分後だから、迎えに行ける。彼女は、そうしようと思ったんだよ。ところが、池島は、彼女に、編集長の椅子を奪われて、かっ

としていたから、車内で、彼女の首を締めて、殺してしまった。これが、事件の真相だというわけだろう？」

「そうじゃありません」

と、十津川は、いった。

9

「違うって？」

三上が、眉をひそめて、十津川を、見た。

「ええ。それでは、青酸入りの缶ビールと、中央線の切符のことが、わからないままになってしまいます」

と、十津川は、いった。

「では、どう考えれば、全ての説明がつくのかね？」

と、三上が、きいた。

「全く、逆の立場になって、考えてみたんです」

「逆の立場？」

「そうです。今西めぐみが、被害者ではなく、犯人だったらという立場です」

「――？」

「もし、彼女が、池島弘を、殺そうと考えたのだとすると、それは、立派なアリバイトリックになるのではないかと、思ったんです」

と、十津川は、いった。

「ああ、なるほど」

と、声に出したのは、亀井だった。

十津川は、説明を続けた。

「今西めぐみは、池島が、毎月、ひたち124号に乗って、東京の本社に、やってくるのを知っていました。そこで、車内で、彼を、殺そうと、考えました。問題は、アリバイです。うまいことに、恋人の佐々木も、やまびこで上京してくる。恐らく彼女は、佐々木に、一六時〇四分仙台発のやまびこ124号に乗って来て欲しいと頼んだんでしょう。丁度、迎えに行けるからとでもいってです」

「ひたちが、一八時〇五分上野着、やまびこが一八時〇九分着ということを、利用する気だったんだと思います」

と、亀井が、いった。

十津川は、肯いてから、

「今西めぐみは、一六時二〇分頃、マンションを出ました。佐々木が、新幹線の中から電話して来たので、この時刻が、確認されましたが、もし、彼がかけて来なければ、彼女の方から、やまびこ124号にかけて、佐々木を呼び出し、これから、中央線に乗って、上野へ迎えに行くと、いってもいいわけです。彼女は、同じ橙色の武蔵野線に、一六時三四分に、乗り込み、新松戸に、向いました。そのあとは、相互乗入れの千代田線を利用して松戸に行き、ひたち124号に、乗り込んだんです」

「すると、青酸入りの缶ビールは、殺された今西めぐみが、持って行ったものか？」

と、三上が、いった。

「そうです。池島弘に、飲ませて、殺そうと、今西めぐみが、用意していったものです。そう考えれば、おかしくはなくなるわけです。多分、池島は、よく飲むんだと思いますね。ところが、池島は、怪しんだ。青酸入りの缶ビールを、床に叩きつけ、怒って、彼女の首を締めて殺してしまったんだと思います」

と、十津川は、いった。

「もし、今西めぐみが、うまく、池島弘を殺していれば、どうなったかね？」

「彼女は、何くわぬ顔で、上野で降り、新幹線ホームに、佐々木を迎えに、行ったと思います。あとで、池島弘殺しで、追及されたら、佐々木の証言で、一六時三〇分頃に、西国分寺で、中央快速に乗ったのでは、絶対に、ひたち124号には、乗ることが出来ないというわけで、アリバイを作る筈だったんでしょう」

と、十津川は、いった。

「彼女にしてみれば、うまいアリバイトリックを、考えたと思っていたのかも知れないな」

「そうでしょうね。われわれも、絶対に、ひたち124号には、乗れないと、思ったくらいですから」

と、十津川は、いった。

三上部長は、これで、全てが解決したなという顔で、肯いていたが、急に、難

しい顔になって、

「今西めぐみが、相手を殺そうとしたのが、真相だとしてだが、動機は、どうなるんだね？」

と、十津川に、きいた。

「動機ですか？」

「そうだよ。君は、池島弘と、考えているんだろう？」

「そうです。小田と、池島のどちらかですが、池島は、水戸に住み、特急ひたちに乗って、上京して来るからです」

「それで、動機だが、池島は広報誌の編集長の座を、今西めぐみのために、追われて、水戸に左遷された。だから、彼女を恨《うら》んでいる。池島が、彼女を、最初から殺したのなら、これが、立派な動機になるのはわかる。しかし、彼女が、池島を殺す動機にはならんだろう。恨まれている方が、恨んでいる人間を、殺す理由は、ないからね」

と、三上は、いった。

10

十津川は、亀井と、再度、水戸を訪ねた。

池島に会うためだが、動機が不明ということで、まだ、逮捕状は、出ていなかった。

十津川たちは、池島を、昼休みに、倉庫近くの川原に、呼び出した。

池島は、顔をしかめて、

「話すことは、何もありませんよ」

と、いった。

「列車に、突然、今西めぐみが乗って来た時は、びっくりしたんじゃありませんか」

十津川が、いきなり、切り出すと、池島は、虚を突かれたみたいに、眼をしばたたいた。

「何のことですか？」

「あの日、あなたは、ひたち124号に乗って、上野に向っていた。松戸で、突然、今西めぐみが乗って来たんで、さぞ、びっくりしたろうと、思ったんでね」

と、十津川は、いった。

「何のことか、わかりませんね。僕は、事件のあった列車には、乗っていませんよ」

池島は、大きな声を出したが、十津川は、それを無視して、

「彼女は、作り笑顔で、缶ビールをすすめたんでしょう？　あなたは、飲まなかった。飲まなくて、良かったんだ。中に、青酸が、入っていましたからね。そのあと、あなたと、彼女は言い合いになり、あなたは、かっとして、彼女の首を締めて、殺してしまった」

「そんなことはしてない！」

と、池島は、悲鳴に近い声をあげた。

「刑事の私が、こんなことをいうのは、おかしいんですが、殺された今西めぐみには、あまり、同情出来ないのです。あなたを、追い出しておいて、また、毒殺しようとしたわけですからね。あなたに、同情しているのですよ」

と、十津川は、いった。

「僕には、彼女に恨まれる理由がないじゃありませんか？　僕が、一方的に、やられてきたんだから」

と、池島は、いった。

十津川は、肯いて、

「その通りです。動機について、困ってしまいました。あなたが、最初から、今西めぐみを殺そうとしたのなら、よくわかるのですがね。それで、一つ、考えたことがあるんです。今西めぐみは、小田部長の力を利用して、あなたを、左遷させた。あなたは、口惜しかったと思う。そこで、あなたは、復讐《ふくしゅう》を考えた。どんな復讐を考えたのか？　どうですか？」

「そんなことは、考えませんよ」

と、池島は、いった。が、十津川は、信じなかった。

「一つ考えたことが、あるんですがね」

と、十津川は、軽く、いった。

池島は、じっと、十津川を睨《にら》むように、見た。

「あなたは、もともと、暴力を振《ふる》う方じゃない。とすると、復讐も、知能的なものだった筈だ。それで、考えたんですが、小田部長と、今西めぐみの関係を、徹底的に、調べたんじゃありませんか？　二人が、関係している証拠をつかむことに、全力をあげた。写真にとったのか、二人の会話を録音したのか、とにかく、証拠をつかんで、それで、今西めぐみを脅《おど》したんじゃないのかね。彼女には、佐々木という恋人がいるから、この脅しは、利《き》いたと思いますね。だから、彼女は、あなたの口を封じてしまおうと考え、アリバイトリックを作り、ひたち１２４号の車内で、あなたを毒殺しようとしたんです」

十津川がいうと、池島は視線をそらせて、

「それは、いいがかりですよ」

と、いった。

十津川は、池島への質問を、亀井に引きついで貰っておいて、公衆電話ボックスへ行き、東京の西本刑事に、電話をかけた。調べさせておいたことの答を聞くためだった。

十津川は、その答を得て、元の場所に戻った。

池島は、十津川の顔を見ると、

「もういいでしょう？　昼休みが終って、仕事に、戻らなければならないんです
よ」

と、文句を、いった。

十津川は、強い眼で、池島を見た。

「東京の中野駅近くに、前田探偵事務所というのがあるんですが、ご存じです
ね？　あなたが、東京にいた頃、マンションの傍にあった探偵社ですよ」

十津川が、いうと、池島の顔色が変った。

「あなたは、そこに、伊東勇という偽名で、Nデパートの小田販売部長と、今西
めぐみの関係を、調べさせましたね。関係があるという証拠をつかんで欲しいと
依頼し、会話のテープに対して百万円を払っている」

「――――」

「都内のホテルで、二人が、一緒に泊った時の会話だそうじゃありませんか。あ
なたは、それを使って、彼女を脅した。違いますか？　だから、彼女は、あなた
を、殺そうとした。どうなんですか？　あなたは、それに対していわば、自分を

守ったことにもなる。正直にいって下されば、われわれも、力になりますよ」

と、十津川は、いった。

「――――」

「あなたが、あくまで、知らないといえば、われわれは、あの日のひたち124号を、徹底的に調べ、必ず、あなたを見たという目撃者を、見つけ出しますよ。そうなれば、われわれも、意地がありますが、いいですか？」

と、十津川が、いうと、池島は、急に、下を向き、こめかみを小さくけいれんさせた。

「男の意地だったんです」

と、池島は、下を向いたまま、小さい声でいった。

「わかりますよ。若い女に、それも、彼女の実力ではなく、別の力によって、左遷されたわけですからね」

と、十津川は、なぐさめるように、いった。

「だから、彼女と、小田部長の関係の証拠をつかみたかったんです」

「そして、脅した？」

「ええ。お前の恋人に、知らせるぞともいいました」

「それで、あの日、ひたち124号に、彼女が、乗って来たんですね？」

「そうです」

「乗って来て、彼女は何と、いったんですか？」

「何といったと思います？　彼女は、こんなことをいったんです。近く結婚して、会社を辞める。あなたには、広報誌に、帰って来て貰えるように、部長に頼むつもりだ。だから、前のことは忘れて、仲直りしてくれないか。そういって、缶ビールを、僕に、渡したんです。最初、僕は、彼女の言葉を信じかけましたよ。甘いんですよ。しかし、缶ビールのふたが、少し開いていたんです。それで、急に、おかしいなと思って、疑い出した。先に、ちょっと飲んでみてくれといったら、彼女の顔色が、変ったんです」

「それで、かっとした？」

「そうです。おれを、追い出しておいて、その上、殺す気かと思ったら、かっとしてしまって、気がついたら、彼女の首を締めていたんです」

池島は、青白い顔で、いった。

解説――大都会の難事件に立ち向かう十津川警部

山前 譲

二〇〇八年五月に徳間書店より書き下ろし刊行された『十津川警部 アキバ戦争』は、東京・秋葉原に端を発する大事件だった。いまや世界的に有名なアキバだから、海外からの観光客も多い。かつての電気街のイメージが一新された街に、さすがの十津川警部も戸惑いがちだった。だが、いくら警視庁捜査一課の敏腕警部だといっても、都内の隅々にまで目を配ることはできないだろう。総人口が一千四百万人だという東京は、めまぐるしく変貌《へんぼう》している。大都会で発生する犯罪も、ますます多様化しているのだ。

本書には十津川警部がその東京で直面した難事件が五作まとめられている。動機も犯行方法もさまざまな大都会の事件を解決に導くのは、いつものことながら、十津川警部の慧眼《けいがん》と執念の捜査なのだ。

巻頭の「特別室の秘密」(「小説宝石」一九九二・二　光文社文庫『十津川警部の死闘』収録)は、十津川警部の妻である直子の入院騒ぎから始まっている。激しい腹痛に襲われて救急車で病院に運ばれた直子だが、医者は尿管結石と診断した。しかし、石が自然に体外に排出されるのを待つしかないという。治療によって痛みは収まったものの、不安な直子はそのまま入院した。案の定、翌朝も激痛に襲われたが、すぐ治療してもらい、痛みは嘘のように引いてしまう。

痛みがなくなると途端に、退屈を持て余してしまう直子である。病院内をうろうろして時間を潰していると、偶然、案内図に載っていない病室を発見した。いったいなんの目的で?　直子の好奇心は抑えられない。

十津川省三と直子の結婚が読者に報告されたのは、『夜間飛行殺人事件』である。警察官の妻となってしまったからには、いや、十津川警部の妻となってしまったからには、やはり事件と無縁ではいられない。さっそく新婚旅行先の北海道で、カップルの行方不明事件に遭遇している。

『能登半島殺人事件』で誘拐されたり、夫と一緒に乗った『豪華特急トワイライト殺人事件』で拉致《らち》されたり、あるいは短編の「お座敷列車殺人事件」では犯人扱いされたり、と、普通の奥さんでは想像もできない危ない場面を、何度となく体験をしている。いわゆる名探偵に妻帯者はあまりいないから、この十津川直子のスリリングな体験はより印象的だ。もっとも、夫の証言によれば、彼女は度胸があり、いかなる時でもあわてたことがないそうである。

だから、警察官の妻となってしまったことを悲嘆するような直子ではない。自ら火中の栗を拾いにいくことも厭《いと》わないし、『由布院心中事件』で手がかりを求めてアメリカに飛んだり、『十津川警部　特急「雷鳥」蘇る殺意』でブログを駆使して犯人らしき人物に迫ったり、『十津川警部　怒りの追跡』では捜査費用として数百万円を出したりと、内助の功をいかんなく発揮してきた。

十津川警部とすれば、もちろん妻を危険な目には遭わせたくないだろうけれど、部下の亀井刑事たちと同様に、犯罪捜査においても頼もしい存在なのである。こうした直子の活躍に着目して、テレビドラマでは、萬田久子主演で「十津川警部夫人の旅情殺人推理」シリーズまで製作されているほどだ。「特別室の秘密」でも、持ち前の好奇心と大胆な行動で、病院内の秘密に迫っている。

ちなみに、西村京太郎氏は一九八七年に腎臓結石で緊急入院したことがあった。

尿管結石で入院した直子の様子がリアリティたっぷりなのも頷《うなず》けるだろう。食生活の欧米化で、日本でも患者が増加中の病気とのことだ。

つづく「一日遅れのバースデイ」(「小説現代」一九九二・七　講談社文庫『恨みの陸中リアス線』収録)で医者の田口が十津川警部に相談しているのは、飲食店チェーンを一代で作り上げた広永浩一郎の死についてである。心不全のようだが、生前に処方した睡眠薬がかなり減っているのが気になったのだ。そしてもうひとつ、子供たちが一日遅れで広永の誕生日を祝っていたことも。十津川警部は強引に遺体を解剖させるのだった。やはり体内からは大量の睡眠薬が検出された。自殺?　殺人事件?　だが、広永にはもう、さほどの財産はなかった……。

明確に事件と認知されたわけではないから、十津川警部単独の捜査となっている。これはちょっと珍しい解決への道筋かもしれないが、ふと見逃してしまいそうな出来事から、じっくり真相に迫っていく姿は、いつもの十津川警部と変わりない。

警視庁捜査一課十津川班の紅一点と言えば、北条早苗刑事である。まだ刑事になって三年ほどだというが、男性刑事顔負けの活躍をしている。そしてもちろん、

『奥能登に吹く殺意の風』で狙撃《そげき》されたりと、危機一髪の事態にも幾度となく直面してきた。

その北条早苗が自宅マンションで飼っていた、シャム猫が殺人事件に絡んでいくのは「野良猫殺人事件」(「オール讀物」一九九七・一　文春文庫『野猿殺人事件』収録)である。

中野で起こった殺人事件の被害者は、二十六歳の若さでコンパニオンクラブを経営していた行方ひろみだった。十津川が気になったのは、被害者が最近飼い出したシャムの子猫である。どういう経緯で飼うようになったのだろうか。ほどなく有力な容疑者が浮かび上がってきたが、逮捕の決め手がなかなか摑《つか》めない。容疑者はのらりくらりと十津川の追及をかわす。そこに新たな殺人事件が！　犯人を追い詰めていくのはやはり猫だった。

猫と犬といえば、もっともポピュラーなペットだろうが、ミステリーの世界での活躍ぶりは、猫のほうに大きく軍配が挙がるようだ。もちろん種類によって違いはあるだろうけど、愛敬の感じられる犬の瞳より、吸い込まれてしまいそうな猫の瞳のほうがミステリアスである。

ところで、東京は国立に家を構える十津川家で飼われているのは、犬のほうだ。「野良猫殺人事件」につづいて発表された「愛犬殺人事件」によると、のりスケという雑種のオス犬で、足に怪我をして哀れに泣いているところを直子が拾ってきたという。そののりスケが突然、行方不明になった時には、さすがの直子もあわてふためくのだった。

「死体の値段」(「週刊小説」一九八一・十・二十三　角川文庫『イレブン殺人事件』収録)は犯罪者側から事件が描かれている。自宅マンションでパトロンが突然病死するという事態に、君子は動揺したが、ただ警察に知らせてしまったのでは、何も得るものがない。これまでの苦労が水の泡である。なんとか大金を得る方法はないだろうか……。一歩一歩、着実に犯人を追い詰めていく十津川警部と亀井刑事である。

最後の「死が乗り入れて来る」(「小説現代」一九九〇・五　講談社文庫『十津川警部の困惑』収録)は、首都圏ならではの複雑な鉄道路線を背景にしての、トリッキィな鉄道ミステリーである。

上野駅17番ホームに到着した常磐線の特急「ひたち」。その車内で死体となって発見されたのは、西国分寺のマンションに住む今西めぐみだった。仙台に住む恋人と、上野駅の新幹線ホームで待ち合わせていたはずなのに、なぜ常磐線の電車に？　彼女が「ひたち」に乗っていたことで、容疑者たちには微妙なアリバイが成立してしまう。どこにトリックが？　犯罪の真の構図に気がついた十津川が、真犯人を鋭く追及していく場面は圧巻である。

多くの人が住み、そして多くの人が訪れる東京は、交通網も高密度だが、その中心にあるのはやはり鉄道だ。全国各地を舞台としている西村作品の鉄道ミステリーでも、東京は頻繁に登場する。

もっとも印象的なのは駅だろう。『上野駅殺人事件』や『東京駅殺人事件』だけでなく、東京の駅から始まる西村作品は多い。

『終着駅殺人事件』や『上野駅13番線ホーム』など、北関東から東北、そして北海道方面への玄関として、上野駅はとくに西村作品で重要な役割を果たしてきた。北の大地にそこはかとなく漂う哀愁が、鉄道とともに上野駅に運ばれてくる。その独特のムードは、西村作品全体のイメージに重なっていく。

東京駅は、東海道新幹線や東北新幹線といった大動脈の起点であり、旅情たっぷりの寝台特急の始発駅でもあった。時代の趨勢《すうせい》でその寝台特急は次々と廃止になってしまっただけに、『寝台特急殺人事件』のように、寝台特急が東京駅のホームから旅立つ姿を描いたシーンは、ますます貴重なものとなるだろう。

一日の利用者が世界一とも言われる新宿駅は、信州方面へと誘《いざな》っている。中央本線の特急「あずさ」はとりわけ西村作品で活躍してきた列車だから、いつも混雑している新宿駅のホームはお馴染みのシーンだ。そして、『東京地下鉄殺人事件』では、まさに網の目のように東京の地下を走っている地下鉄の駅が、事件現場となっていた。

一方、東京の鉄道路線そのものとなると、混雑していたり、運行距離が短かったりと、ミステリーの舞台としてはちょっと不利かもしれない。『十津川警部「悪夢」通勤快速の罠』や「山手線五・八キロの証言」、あるいは「都電荒川線殺人事件」のような作品はあるものの、鉄道ミステリーの中では少数派である。

大都会のそこかしこに潜む犯罪の種が芽を吹いたとき、そこに立ちはだかるのは警視庁捜査一課の十津川警部である。すでに何百という事件を解決しながらも、犯罪に立ち向かう十津川の姿に疲れはない。

（初刊本の解説に加筆・訂正しました）

二〇二四年一〇月

本書は２０１０年2月徳間文庫として刊行されたものの新装版です。
なお、本作品はフィクションであり実在の個人・団体などとは一切関係がありません。

徳間文庫

十《と》津《つ》川《がわ》警《けい》部《ぶ》　裏《うら》切《ぎ》りの街《まち》 東《とう》京《きょう》

〈新装版〉

2024年11月15日 初刷

著者 西《にし》村《むら》京《きょう》太《た》郎《ろう》

発行者 小宮英行

発行所 株式会社徳間書店

東京都品川区上大崎三—一—一
目黒セントラルスクエア 〒141—8202

電話 編集〇三(五四〇三)四三四九
販売〇四九(二九三)五五二一

振替 〇〇一四〇—〇—四四三九二

印刷
製本 中央精版印刷株式会社

ISBN978-4-19-894982-2 (乱丁、落丁本はお取りかえいたします)